W0323447

ROSA DOLOROSA

Née en 1975, Caroline Dorka-Fenech est une autrice française. *Rosa dolorosa* est son premier roman. Il a été lauréat du festival du premier roman de Chambéry et a reçu le prix des Rendez-vous du premier roman, le prix La Ruche des mots et le prix de la librairie Saint-Pierre.

CAROLINE DORKA-FENECH

Rosa dolorosa

ÉDITIONS DE LA MARTINIÈRE

© 2020 Éditions de La Martinière, une marque de la société EDLM.
ISBN : 978-2-253-10357-8 – 1re publication LGF

1

La nuit, surgis des souterrains, d'étranges oiseaux avaient dépecé les nuages. Et l'orage dévoré, à l'aube, avait déporté ses murmures.

2

Après sa douche, nue, Rosa prit place sur le bord de sa baignoire ébréchée au fond de laquelle se vidait une eau grise. Lumière de cave, peinture en miettes, cela faisait des mois qu'elle rêvait de refaire cette salle de bains lugubre. Si elle avait eu l'argent, bien sûr, elle aurait déjà tout détruit. Elle ne l'avait pas encore cet argent, même s'il était en train de venir, même s'il viendrait. En attendant, comme chaque matin, Rosa se courba pour enduire ses jambes d'un gel médical glutineux, massant ses chevilles, ses mollets, ses genoux, massant jusqu'à pénétration complète de la substance froide. Dans la pénombre, son vernis à ongles paraissait noir. Lorsque ses yeux s'assombrirent.

Rosa venait d'apercevoir une tache.

Là, sous son genou gauche. Un réseau de veines violettes, une fleur de feu d'artifice explosée sur deux centimètres carrés d'épiderme. Évidemment, des rougeurs, Rosa en avait déjà repéré auparavant, traces ordinaires sur un corps de quarante-deux ans souvent soumis aux rayons solaires. Cette apparition l'inquiéta plus que d'autres. Plus large, plus foncée. Plus voyante.

Elle s'empara d'un fond de teint qu'elle utilisait d'habitude pour le visage, et elle l'appliqua sur la tache, sur chacune de ses veines. Bientôt elle ne discerna plus rien tant elle prit soin de tout escamoter sous le maquillage, tout dissoudre, grimant jusqu'à obtenir une peau lisse. Une peau uniforme. Enfin la tache était enfouie et Rosa se redressa. Face à son miroir.

Elle aurait dû se sentir mieux. Elle peigna ses cheveux, elle se parfuma d'une eau vive. Un mauvais pressentiment, malgré elle, persistait, une épine, dans sa gorge, qu'elle tenta d'avaler en accélérant la cadence. À la va-vite, elle enfila son soutien-gorge, sa culotte, sa robe noire quotidienne, et elle s'empressa de quitter la pièce comme si celle-ci était devenue maudite. Sous ses pas, dans le couloir de son vieil appartement, le parquet s'effritait. Elle entra dans la cuisine pour y récupérer une chemise blanche fraîchement repassée. Une chemise d'homme. Puis, atteignant une autre porte, elle frappa deux fois pour s'annoncer avant de pénétrer dans une chambre étroite aux volets clos.

Un jeune homme était là, torse nu, vingt-trois ans, penché sur son ordinateur portable. Les reflets d'un aquarium gorgé de poissons oscillaient sur son dos, y déposant des formes d'algues longues. Sans quitter son écran des yeux, il tendit sa joue pour que Rosa l'embrasse, et elle alla poser ses lèvres sur sa barbe naissante, savourant sa douceur.

Voici Lino Messina. Voici son fils.

Elle décida de taire la tache.

— Habille-toi, chéri. On doit y aller.

Lino regarda l'heure et attrapa la chemise que Rosa lui tendait. Elle aimait quand son garçon s'habillait avec élégance, flattée qu'il lui ressemble autant. Elle l'observait. L'éclat de son visage. La texture de sa peau. Sa voix pleine d'assurance la réchauffa d'un coup.

— Je le sens bien ce matin. Je ne sais pas pourquoi, j'y crois.

— Si mon fils y croit… J'y crois, moi aussi.

Lino l'approuva d'un clin d'œil, Rosa le lui rendit par mimétisme. En sa présence, elle finissait toujours par se régénérer.

— Ça va se faire, maman. Je vais le convaincre. C'est sûr.

Elle souscrivit à ces promesses, de toutes ses forces.

Dehors, les murs ocre étaient déjà léchés à vif par le soleil du mois de juin, et côte à côte la mère et le fils se pressèrent à travers les rues serpentines de leur quartier, Vieux-Nice saturé de restaurants et de marchands de savon, mosaïque d'huile d'olive, de biscuits, de lavande. Tous deux étaient stimulés par l'enjeu du rendez-vous à venir et en moins de vingt minutes ils arrivèrent à destination, face à un immeuble aux allures de vaisseau mitraillé. L'hôtel Gloria. Sous une enseigne aussi grêlée que les murs, l'homme que les Messina devaient rencontrer se tenait là, la soixantaine, blond, gros, engoncé dans un costume gris démodé beaucoup trop chaud pour la saison. Les yeux rivés au sol, hors de lui, il était au téléphone et vociférait en russe, sa langue maternelle. Malgré sa répulsion pour cet énergumène, Rosa encouragea son fils à se présenter.

— Monsieur Kinski ?

L'autre se redressa. Deux yeux gris radiographièrent Lino quelques secondes, le temps que prit l'homme pour décider d'abréger sa conversation, éteindre son portable d'un geste rustre. Lino lui tendit la main.

— Lino Messina. Enchanté.

— Kinski.

Kinski s'était exprimé sans accent, d'un ton qui trahissait son énervement. D'une poignée de main moite, il salua Lino avant de s'adresser à elle.

— Votre associé m'a beaucoup parlé de vous, madame Messina.

— Marc Laine ? Il parle toujours beaucoup.

— On a des chances de le voir ce matin ou pas ?

— Sa mère sort de l'hôpital aujourd'hui, il doit s'occuper d'elle.

— Ah oui, il m'avait dit. Ma mère à moi est morte l'année dernière.

— Je suis désolée.

Il la remercia d'un battement de cils métallique, indifférent, et leva ses yeux en direction des fissures.

— En tout cas Marc-Laine-qui-parle-beaucoup ne m'avait pas dit qu'il y a aussi toute la façade à refaire. Vous voulez que je finance ça aussi ?

À l'arrière de son cou, la sueur coulait en abondance. Il l'essuya du bout des doigts, exhibant la lourde chevalière en argent qui boudinait son pouce gauche. Le dégoût de Rosa s'intensifia. Elle admirait son fils qui parvenait à rester professionnel, courtois.

— On a revu le plan de financement. Si vous voulez regarder.

L'homme consentit à s'emparer du dossier que lui tendait Lino. Il le feuilleta en diagonale, et pressa l'entrevue.

— On peut visiter tout de suite ou pas ? J'ai rendez-vous dans une demi-heure à l'autre bout de la ville.

Alors Lino s'inclina. Et Rosa n'osa pas le contredire. Elle voulait autant que son fils que leur hôtel se monte, que la rénovation débute, que Kinski investisse l'argent qui manquait. Que Kinski, même s'il les répugnait, même s'il leur semblait barbare, se mette, lui aussi, avec eux, sur-le-champ, à y croire.

Initiant la visite, Rosa ouvrit la porte et laissa l'homme pénétrer dans le hall silencieux afin qu'il en expérimente le volume malgré la poussière et les débris de peinture satellisant tous les meubles. Fauteuils affaissés, tables bancales. Quinze ans auparavant, trois étoiles avaient été attribuées à cette épave. Trois étoiles depuis longtemps perdues.

Attentive à tous les gestes du Russe, Rosa masquait son anxiété. L'homme se déplaçait au ralenti tel un dirigeable, regard concentré sur le mur derrière le comptoir en contreplaqué déchiré. Le vieux mur gris.

— C'est là que vous mettrez votre aquarium, monsieur Messina ?

— Il fera toute la hauteur. Assez large pour une douzaine de méduses. J'ai choisi de grands spécimens, avec une ombrelle de vingt centimètres. L'accueil sera plutôt spectaculaire pour les clients.

— Marc dit que c'est votre truc, les fonds marins.

— Je fais de la plongée.

Ni étonné ni intéressé, Kinski semblait vouloir en finir.

— C'est pas déjà vu ce genre de décoration ? Un aquarium, j'ai l'impression qu'on trouve ça dans n'importe quel *boui-boui*.

— On a vérifié, on sera les premiers à en avoir un de ce type à Nice.

— Vous voulez vraiment foutre des méduses dans ce hall d'hôtel ?

— Une douzaine.

— Marc Laine m'en a parlé, je croyais qu'il se foutait de moi. Moi ça m'angoisse rien que d'y penser, ces saloperies de bestioles. J'ai été piqué quand j'étais petit, dans la baie. J'ai encore une cicatrice, là.

Dans un rictus, Kinski pointa l'intérieur de sa cuisse pour inviter Lino à imaginer sa blessure à travers le tissu épais du costume. Le jeune homme se força à observer l'entrejambe, ne sachant pas quoi répondre. Rosa le secourut en reprenant la parole.

— Moi je les adore ces *bestioles*. Leurs brûlures font mal, c'est vrai. Mais j'ai toujours trouvé qu'elles avaient une sorte de grâce. Quand elles sont en aquarium, je peux les regarder pendant des heures. On a l'impression qu'elles dansent. C'est hypnotisant.

Surpris par l'intervention, Kinski pivota vers Rosa. D'apparence sereine, elle invitait le financier à se figurer ce que cela faisait de se laisser hypnotiser par une douzaine de méduses encloses dans un aquarium, dans le hall d'un hôtel, de cet hôtel, là. La ronde des méduses derrière le verre, dans l'eau, parmi bulles et courants. Leurs tentacules flottant comme des fourreaux de fantômes. Pour la première fois, Kinski parut impressionné, son regard agrippé à Rosa comme à une statue venant de prendre vie. Voix grave de Rosa, ses lourds cheveux bruns bouclant sur ses épaules. Yeux verts de Rosa, ses mollets nus sous sa simple robe noire. L'arrondi de ses lèvres. La sensualité de sa gorge. L'homme prit Lino à témoin.

— C'est quelqu'un votre mère, non ?

Lino acquiesça. Rosa reprit courage.

Désormais elle avançait en tête dans le couloir du premier étage éclairé à grand-peine par un alignement d'appliques brisées, papier peint verdâtre, numéros dorés en partie effacés sur chacune des portes.

— Combien de chambres en tout ?

— Vingt. Et deux suites.

Rosa s'arrêta devant le numéro neuf et pénétra à l'aide d'un passe dans ce qu'elle présenta comme la plus grande chambre de l'hôtel. Revêtement craquelé qui fut peut-être jaune canari, vieux lit au matelas moisi, moquette souillée, effluves rances, Lino se hâta d'aller ouvrir la fenêtre et les volets pour aérer. Il exposait son projet avec concision.

— Les chambres seront blanches. Dans un esprit zen.

— Vous allez mettre des aquariums dans les chambres aussi ou pas ?

— Non, les méduses ont besoin d'un grand volume d'eau.

— Un grand volume ? Je comprends pourquoi il coûte un bras votre bocal.

Kinski se rapprocha de la fenêtre. De l'autre côté des vitres encrassées s'étirait la baie de Nice et le soleil, et la mer, la Méditerranée et ses remous pris dans une forêt de brillances. Au-dessus un avion passa, grondant, sur le point d'atterrir à l'aéroport qui jouxtait la ville. En nage, l'homme contempla un instant l'engin, puis il revint vers Rosa.

— Et votre restaurant, madame Messina ? Le Petit Soleil. Qu'est-ce que vous allez en faire ?

— On va le mettre en vente.

— Vous en avez marre de la restauration ?

— C'est bien de changer.

— C'est surtout bien de gagner plus d'argent, non ?

— Aussi.

— Marc dit que vous faites les meilleures tartes aux pommes de toute la ville.

— Je vous ferai goûter, si vous voulez.

L'air soudain intéressé, Kinski inclina la tête comme pour mieux évaluer le désir qu'il éprouvait pour la bouche de cette femme.

— Je suis gourmand, je vous préviens.

— Je rajoute toujours du miel. Pas trop. Juste pour que ça fonde.

L'homme semblait se détendre.

— C'est tentant. C'est très tentant.

Lorsque la visite s'acheva, Rosa avait envie de vomir. Elle attendit que Kinski ait disparu pour échanger un regard avec son fils. Tous les deux avaient l'impression d'avoir assisté à un grotesque numéro de cirque. Lino, surtout, n'en revenait pas.

— J'ai cru qu'il allait t'allonger sur le vieux lit de la chambre neuf.

— C'était tentant, « ou pas » ?

— Putain. Tu as intérêt à assurer avec tes tartes. « Je vous ferai goûter. » Je rêve…

— Quoi, tu crois que ta mère ne sait pas faire des tartes ?

— Tu sais aussi faire cuire la viande. Il faudra que je te surveille.

Rosa éclata de rire en emmenant son fils en sens inverse à travers les mêmes rues courtes du Vieux-Nice, murs, soleil, ressacs, avion, l'image de Kinski les poursuivant, malgré eux, telle une traînée d'espoir.

Lino interrogea sa mère :

— Tu crois qu'il va nous donner une réponse ce soir ?

— Il a dit qu'il appellerait Marc.

— « Je suis gourmand, je vous préviens. »

— Allez, arrête de te moquer.

— Je me moque pas, j'admire au contraire.

— S'il met l'argent, tu vas regretter.

— S'il met l'argent, je vais l'embrasser.

— Comment il a dit déjà ? « Dans n'importe quel *boui-boui* » ?

— Bordel...

Et la mère et le fils continuèrent à plaisanter en marchant, saluant les commerçants qu'ils connaissaient en passant, sourires, signes de mains, jusqu'au Petit Soleil, complices, déterminés.

Maîtresse des lieux, Rosa commença par vérifier que tout était en ordre devant le restaurant. Le store jaune, la devanture vitrée, le menu bon marché affiché à onze euros. Son rituel était précis. Elle contrôla également les fenêtres de son appartement, au-dessus, au troisième étage, pour s'assurer qu'elles étaient bien fermées. Puis elle entra, derrière son fils, dans la petite salle organisée autour d'une dizaine de tables sans nappes, photo de soleil suspendue au mur, pareille à un énorme iris.

Rosa s'assit à la caisse et enfila ses baskets de travail pendant que Lino s'emparait d'une bière glacée. Elle en profita pour examiner son mollet gauche. À travers la couche de fond de teint la tache était réapparue, floraison veineuse maladive, violette. Elle prit le temps de la remaquiller avant de s'en détourner, préférant admirer Lino en train de boire, goulot sur les lèvres. Ses cheveux noirs comme les siens. Ses yeux verts, comme les siens.

— Tu vas plonger avec Martin ce midi, Lino ?

— Yep. Sauf si tu as besoin d'aide.

— Non ça va, chéri, profite.

— Anna est en retard, non ?

— Elle va arriver.

— J'appelle Marc. Je veux son avis sur Kinski.

Avec la bénédiction de sa mère, Lino sortit passer son coup de fil, et Rosa s'obligea à ne plus penser à la tache. Se concentrer, se focaliser sur le travail.

Dès qu'elle pénétra dans la cuisine du Petit Soleil, son stress diminua comme sous l'effet d'un charme. Rosa aimait être ici, dans son nid, elle embrassa son cuisinier avec chaleur. D'un sourire, elle apprécia l'allure soignée d'Hassan Hadji, sa soixantaine d'années aux cheveux gris, la façon dont il se tenait, port de tête droit tel un danseur classique.

— Ça va mon bel Hassan ?

— Le four va lâcher, Rosa.

— Mais il marche encore, non ?

— Il faut le frapper pour qu'il marche.

— Mais il marche.

— Il marche, patronne, il marche. Ça s'est bien passé pour l'hôtel ?

Rosa croisa les doigts, mais Hassan n'avait pas besoin qu'elle s'explique pour deviner son angoisse. Depuis sept ans qu'il travaillait avec elle, il savait comment la prendre.

— Tu sais que j'en ai encore rêvé cette nuit de ton hôtel ? J'étais l'homme aux clefs d'or, un concierge magnifique. En veste blanche. Je distribuais des clefs en or à des filles plus belles les unes que les autres. Bonjour madame, bonsoir mademoiselle, bonne soirée. Bonne nuit, surtout.

Dans le fond, près d'un ventilateur à l'arrêt, le jeune commis étouffa un gloussement. Amusée elle aussi, Rosa l'interpella.

— Ari, tu sais qu'on te garde une place avec Hassan dans la cuisine de l'hôtel ? Pour les petits déjeuners.

Ari savait. Il la remercia en terminant de lutter contre un morceau de tomate que sa maladresse finit par faire tomber par terre. Faussement choqué, Hassan leva les yeux au ciel.

— Qu'est-ce que tu veux que je fasse avec cette casserole ? Tout ce qu'il touche, il le casse en mille.

— Te laisse pas faire, Ari. Les vieux beaux comme Hassan il faut les remettre à leur place. Ouste, aux fourneaux.

— À tes ordres, patronne. On y va. Allez, marche !

Hassan se remit à frapper le four du plat de la main, et Rosa inspecta tous les produits, tous les plats. Elle ne dit rien quand elle découvrit du calcaire en masse sous l'évier, rien quand elle remarqua deux ampoules grillées. Se concentrer, se focaliser sur le travail.

De retour en salle, le sourire de son fils la saisit. Téléphone en main, Lino exultait.

— J'ai eu Marc. On le voit ce soir au Tangerina.

— Il a des nouvelles de Kinski ?

— Yep. Le gros est « tenté », « très tenté », on aura bientôt sa réponse.

La joie de Lino était contagieuse, et Rosa entreprit de dresser les tables en chantonnant, « *tenté* », « *très tenté* », lorsque le carillon de la porte d'entrée résonna dans la salle. Anna Sopak, sa serveuse, venait enfin d'arriver. Blonde, ronde, enceinte de cinq mois, son visage malicieux donnait toujours à Rosa l'envie de l'embrasser. La jeune femme s'excusa pour son retard sans parvenir à corriger son accent polonais.

— J'ai attendu le médecin pour l'échographie.

Rosa l'accueillit en posant sa main sur le ventre proéminent.

— Tout va bien là-dedans ?

— C'est une fille.

— Vous êtes contente alors.

— J'en ai pleuré. Et vous, ça a été comment pour l'hôtel ?

D'un regard, Rosa sollicita Lino qui venait de prendre une deuxième bière. Il hocha la tête. Anna apprécia la nouvelle.

— Vivement que ça marche.

« Vivement », confirma Rosa pour elle-même, s'étonnant de sentir le ventre d'Anna vibrer sous sa paume. Elle échangea un sourire émerveillé, soudain préoccupée par une présence qu'elle venait juste de remarquer. Là, figé près de la porte, un enfant baissait les yeux comme s'il voulait disparaître, un sac de sport posé à ses pieds. Rosa s'adressa à lui avec douceur.

— Et toi Martin, tu es content d'avoir une petite sœur ?

Le petit garçon ne répondit pas, laissant sa mère justifier son mutisme.

— Je ne sais pas ce qu'il a depuis ce matin ce gosse. Moi j'étais heureuse quand ma mère attendait ma sœur. Lui, on a l'impression qu'il serait heureux si je faisais une fausse couche.

— Il n'a que sept ans.

— Huit.

— Ça va lui passer.

— Je ne sais pas.

Lino posa sa bière et se rapprocha de l'enfant.

— Bah alors poisson, prêt pour la plongée ?

— Mmh.

— Tu n'as pas oublié ton maillot ?

— Non.

— Tes palmes ?

— Non.

Lino leva son pouce pour le féliciter pendant qu'Anna, elle, continuait de s'en plaindre.

— Une heure qu'il est comme ça, tout fâché, là. Je lui ai dit que tu ne pourras plus lui donner ses cours de plongée, Lino.

— Pourquoi je ne pourrais plus ?

— Avec les travaux de l'hôtel, tu n'auras plus le temps.

— Je trouverai toujours du temps pour plonger, ça n'a rien à voir.

D'un geste protecteur, il ébouriffa les cheveux de l'enfant.

— Hein, poisson ? On ne va pas arrêter de plonger, t'inquiète.

— Mmh.

— Allez zou, on y va.

Le petit ne bougea pas.

— Tu viens ?

Le petit ne bougea pas.

Anna s'adressa encore à Lino, exaspérée.

— Tu pourras le ramener chez ma sœur après ? Mon mari est sur un chantier ce week-end, c'est elle qui va le garder ce soir.

— « Mmh », fit Lino en émettant un son volontairement trop aigu.

Et la voix du jeune homme sonna si bizarrement que l'enfant se décrispa, pouffant dans son menton. Lino le gratifia d'une nouvelle caresse avant de se tourner vers Rosa.

— Si tu as des nouvelles du Russe, tu m'appelles. « *Ou pas – ou pas* » !

C'était une évidence et Rosa le rassura, aimantée par son rire qu'elle suivit jusque sur le seuil, jusque dehors, tandis qu'il entraînait l'enfant en direction de la mer. Elle adorait leur gaieté dans la rue calme, elle admirait leur peau sous le soleil. Leur peau souple et tendre. Leur peau immaculée. Vivement l'hôtel, se répéta-t-elle. Vivement.

Au moment où les deux garçons échappaient à sa vue, des fourmillements commencèrent à envahir ses jambes. Et Rosa se mit à taper par terre ses pieds trois fois, l'un après l'autre, taper pour pousser son sang à mieux circuler jusqu'au cœur, taper, taper, au secours de ses veines.

3

Minuit et demi. Rosa était prête à oublier toute tension. Les derniers clients avaient déserté le Petit Soleil, les employés étaient rentrés chez eux. Après s'être remaquillée, elle troqua ses baskets contre des escarpins en cuir et se pressa d'aller tourner deux fois la clef dans la serrure de la vitrine, dans un sens puis dans l'autre, suivant son rituel. Sur le trottoir d'en face, Lino l'attendait en fumant avec nervosité, aspirant, recrachant des bouffées courtes et violentes. À la vue des talons de sa mère, il ne put s'empêcher d'ironiser.

— C'est des nouvelles, tes échasses, là ?

— Tu n'aimes pas quand ta mère est sexy, hein ?

— Demain tu vas me supplier de te masser les jambes.

— J'ai hâte.

— Putain de profiteuse.

Rosa lança son rire en s'emparant du bras de Lino pour qu'il la soutienne, marchant collée à lui en adoptant son rythme. Les inconnus auraient pu les prendre pour un couple, faible différence d'âge, dix-neuf ans à peine, tant leur complicité transparaissait. Et ça ne l'aurait pas gênée du tout, Rosa, que l'on puisse l'imaginer mariée avec un garçon tel que Lino Messina, s'agrippant à sa jeunesse, à son ambition, comme si celles-ci la faisaient rayonner. S'agrippant même à cette espèce de dédain qu'elle décelait souvent chez lui, dédain pour les faibles, pour les abrutis, les laids, pour ceux qui étaient différents d'eux-mêmes. S'enorgueillissant de la manière dont il travaillait pour qu'elle soit fière de lui, en accord avec chacun de ses mots, chacun de ses gestes, avec toute sa chair. Elle avançait, tête haute, accrochée à ce bras ferme pour ne pas perdre l'équilibre. Et Lino se laissait faire. Il la soutenait, avec cet air renfrogné qu'il lui arrivait de prendre, parfois, de façon soudaine. Rosa n'aimait pas quand il faisait cette tête. Elle enquêta.

— Ça s'est bien passé la plongée avec le petit ?

— Tu sais qu'il part deux mois en Pologne cet été ?

— Qui, Martin ?

— Ben oui, Martin Sopak, tu connais d'autres Polonais que les Sopak ?

— C'est bien qu'il puisse connaître son pays d'origine. Toi aussi tu aimais bien aller en Italie voir Pépé quand tu étais petit. Non ?

— Si. On jouait au foot.

— Avec Pépé ?

— Non, avec les voisins, *stupida*.

— Ne parle pas à ta mère comme ça ou... j'arrête de te repasser tes chemises.

Ils marchèrent encore cinq minutes dans les étroites rues animées du Vieux-Nice, tout en se taquinant. Puis, à nouveau, Lino se rembrunit.

— Putain, j'espère que c'est OK pour Kinski.

Son nom inscrit en lettres lumineuses au-dessus d'une devanture noire, logée dans une ruelle, le Tangerina était une petite discothèque que les Messina fréquentaient en habitués. À l'entrée, ils furent accueillis par Moktar, le videur massif aux allures de pieuvre inoffensive, ses longues tresses tombant sagement sur les épaulettes de son costume aussi sombre que sa peau. Moktar étreignit Rosa et lui livra quatre bises sonores.

— Ça va Rosa ?

— Et toi Moktar, ta femme ? Tes filles ?

— Elles ont encore acheté trois robes chacune aujourd'hui.

— Elles veulent te plaire. Marc est là ?

— Toujours au poste.

D'une poignée de main glissante, Moktar salua Lino avant de les laisser passer, déjà accaparé par une bande de jeunes gens dont il devait apprécier le style.

L'un derrière l'autre, les Messina s'engouffrèrent dans le long couloir du Tangerina recouvert d'une mosaïque de miroirs où les corps en passant se fragmentaient, se superposaient, se découpaient. Dans cet environnement de bruits et de pénombre, musique funk plein les oreilles, ils se sentaient chez eux. Arrivés dans la salle, ils se faufilèrent entre les tables en verre et les fauteuils en faux cuir, cherchant à éviter la vingtaine de danseurs qui sautaient sur la piste. Ils longèrent le bar, esquivèrent ceux qui buvaient sans bouger et parvinrent à se rapprocher de leur cible. Marc Laine les accueillit d'un sourire. Grand, carrure imposante, charismatique, même âge que Rosa, le patron l'embrassa sur la joue avant d'étreindre le fils. Il s'adressa à son barman au tee-shirt siglé Tangerina.

— Tu nous mets une bouteille de champagne ?

Rosa s'en étonna.

— Champagne ?

— J'ai passé l'âge de fêter les bonnes nouvelles à la bière.

Lino ne tarda pas à réagir.

— Ça marche pour Kinski ?

— Peut-être.

— Quoi, il met du fric oui ou non ?

— D'après toi ?

— Allez, arrête de faire chier, Marc. Accouche.

Profitant de son pouvoir comme d'un onctueux sirop, Marc prit son temps pour verser le champagne dans trois coupes, à ras bord.

— Ma mère est sortie de l'hôpital aujourd'hui. Elle m'a dit de t'embrasser, Rosa.

— Ça va son genou ?

— Trois mois de convalescence. Elle aura le temps de vider ma cave à vin.

— Elle va rester chez toi ?

— C'est ça ou je dois me taper la route tous les jours jusqu'à Lorgues pour lui apporter son manger.

Il distribua les coupes avant de se remettre à parler, toujours en prenant son temps, regardant Lino, puis Rosa, cherchant à accentuer l'effet de son annonce.

— Bon. C'est OK pour Kinski. On peut commencer les travaux dans trois semaines.

— Trois semaines ?

— Seulement si vous en avez envie.

— Putain…

Évidemment, les Messina n'avaient pas besoin de se concerter pour savoir qu'ils en avaient envie, qu'ils n'avaient envie que de cela. Et même s'ils n'avaient pas imaginé lancer les travaux si vite, ils étaient prêts, oui, leur joie inscrite de la même façon sur leur visage. Euphoriques. Transfigurés. La bonne nouvelle injectée en eux comme une dose d'amphétamine.

— Merci, Marc, merci beaucoup.

Et tandis que Lino l'embrassait comme un petit enfant fou, Rosa eut du mal à retenir ses larmes. Elle le prit dans ses bras et le serra plus fort que s'il avait prévu de s'absenter dix ans. Enfin Lino s'écarta d'elle et joignit ses mains en prière.

— Maman, je te dois des excuses. Je retire ce que j'ai dit pour tes tartes aux pommes.

— C'est quoi cette histoire ?

— Ça, Marc, tu vois avec la patronne. Elle a été infernale avec le Russe. J'ai cru qu'il allait la baiser sur place.

Surpris, Marc dévisagea Rosa.

— Il t'a draguée ?

Pour toute réponse, elle aviva son mystère d'une moue mutine. Marc se mit à rire.

— Je sais de quoi tu es capable.

Elle ne démentit pas, grisée, levant sa coupe vers son fils pour honorer leur victoire.

Puis Lino commanda une nouvelle bouteille, criant qu'il était heureux avant de quitter le comptoir, brandissant l'alcool au-dessus de sa tête tel un trophée. Démarche dansante, il se fraya un chemin sur la piste en direction d'une jeune fille en mini-robe lamée d'or, cheveux relevés, jambes effilées, concentrée sur une chorégraphie aussi lente qu'étudiée, tout son corps ondulant comme en apesanteur. Incapable de le quitter des yeux, Rosa n'avait jamais été aussi fière de son fils. À ses côtés Marc l'approuvait, s'excusant de devoir modérer son enthousiasme.

— Le Russe n'aime pas trop les méduses, par contre.

— Moi je les adore.

Et Rosa continuait de contempler Lino avec admiration. Au milieu de la piste, le jeune homme faisait boire la fille à la bouteille et jouait à faire déborder le champagne sur son décolleté, mouillant ses cheveux, inondant ses cuisses. Elle hurlait et elle riait, félicitant Lino pour la bonne nouvelle, sa peau moelleuse miroitant au contact de l'alcool. Puis un homme vint les rejoindre, aussi jeune qu'eux, plus épais que Lino, plus grand. D'une gaieté exubérante, la fille accueillit le nouveau venu en l'enlaçant pour danser avec lui.

Sans paraître gêné, Lino se rangea en bord de piste afin de mieux les observer. Il semblait se délecter de la vision de ce couple qui s'embrassait à pleine bouche, et de leur danse, leur valse nonchalante, robe or trempée et pantalon brun se frôlant, deux corps s'agrippant, s'aspirant, et qui tournaient, tournaient lentement. Lino observait sans bouger, se contentant de boire au goulot en laissant son plaisir humidifier ses lèvres.

Plaisir que Rosa reçut, en plein ventre, tandis que Marc pressait son bras et lui demandait de le regarder, lui, et de le suivre. Tout de suite, elle accepta. Elle aimait suivre Marc, aimait se retrancher avec lui dans son bureau derrière le bar. Dans cette petite pièce peinte en noir, la musique passait en sourdine, basses et chants étouffés, et Rosa alla s'asseoir sur le canapé comme si elle était chez elle. Elle n'attendait désormais qu'une seule chose : que Marc la rejoigne, que Marc les enferme à clef. Et, à son approche, elle se mit à frémir. Elle l'enlaça en embrassant son cou, sa bouche, guidant sa main entre ses cuisses, l'orientant pour qu'il se penche sur son sexe et qu'il la lèche longuement et fort jusqu'à ce qu'elle jouisse. Puis elle l'invita à se relever et à tendre ses lèvres pour y cueillir un baiser au goût de son vagin. Et elle mordit son visage et il la prit, jouissant à son tour et la faisant jouir encore avant de se blottir contre elle, continuant de la caresser, à ne plus pouvoir s'arrêter, chuchotant à son oreille.

— Tu lui parles quand à ton fils ?

— Bientôt.
— Tu veux pas lui dire que sa mère adore baiser avec moi ?
— T'es bête.
— Quoi, tu n'aimes pas baiser avec moi ?
— …
— Dis-le, Rosa. Dis oui.
— Oui… Oui.
— Tu vas lui parler ?
— Je vais lui parler.
— Quand ?
— Demain.
— Demain ?
— Demain.
Il l'enlaça encore, et elle se mit à genoux devant lui.

Quand Rosa retrouva son appartement au milieu de la nuit, seule, elle était saoule. Pleine de champagne. Pleine de jouissances. Elle s'assit sur son lit pour retirer ses talons, masser ses chevilles et ses mollets épuisés. La tache, sur le mollet gauche, la tache était de nouveau visible malgré la pénombre, camouflage dissipé, malsaine arborescence déployée sur la peau violette. Pourtant, Rosa ne s'en inquiéta pas. La crainte ressentie plus tôt semblait désormais oubliée. En appliquant son gel pour décongestionner ses jambes, Rosa ne faisait que revivre les caresses de Marc explorant tout son corps. Elle était prête à parler à Lino. Dès le lendemain, elle lui dirait les choses, oui, très simplement. Bientôt, l'hôtel Gloria serait rénové. Bientôt, le Petit

Soleil pourrait être mis en vente. À l'hôtel, le travail serait moins douloureux pour ses jambes, elle n'aurait plus à marcher dans une salle de restaurant quinze heures par jour, aller d'une table à l'autre, traverser la cuisine, piétiner, se presser, s'exténuer. Elle pourrait rester assise à l'accueil et se reposer plus souvent. Dès le lendemain, Rosa expliquerait à Lino qu'elle aimait Marc et qu'elle comptait s'installer chez lui. Même si l'idée de laisser Lino vivre seul la perturbait. Même si la réaction de Lino, elle la redoutait.

Soudain, un bruit stoppa ses pensées, un claquement de porte. Lino venait de rentrer. Rosa se tendit, elle écouta. Une bouteille en verre s'abattit sur le sol, roula, se cogna contre un meuble, un mur. Puis Rosa n'entendit plus rien. Un silence, qui fit naître une appréhension. Elle décida d'aller voir. Elle y alla autant pour se rassurer que pour le plaisir de voir son fils, le contempler juste avant qu'il ne s'endorme. Avec précaution, elle ouvrit la porte de sa chambre. Lino était là, affalé sur le ventre en travers de son lit, encore habillé, corps affaissé comme après un combat, rendu à la lumière fébrile de l'aquarium agité de poissons. Rosa aperçut une fiole de whisky vide au pied du lit. Elle entra dans la pièce, la ramassa. Elle se pencha vers lui.

— Ça va ? Enlève tes chaussures, tu seras mieux.

Au lieu d'obéir, il enfouit sa tête sous l'oreiller, et elle n'insista pas. Elle se baissa, cherchant à dénouer elle-même ses lacets pour l'aider. Mais il écarta ses pieds avec brusquerie.

— Laisse-moi, maman, merde.

Provoquant chez Rosa un sursaut. Elle ne le toucha plus. Elle l'examina. Elle l'avait vu souvent dans cet état, écrasé par une ivresse qu'elle désapprouvait. Mais, dès qu'il serait endormi, il redeviendrait l'enfant qu'il était encore et Rosa ne pourrait pas s'empêcher de s'attendrir. Après tout, cette ivresse-là, elle était née de leur victoire. Elle était célébration. Elle était joie. Ce qui la contrariait, surtout, c'était que Lino avait toujours eu l'alcool mauvais. Le jour où les travaux de l'hôtel commenceraient, il n'aurait plus le choix : il faudrait qu'il réduise sa consommation et qu'il se couche plus tôt. Qu'il endosse une stature de patron ainsi qu'il en avait toujours eu envie. Rosa lui en parlerait aussi. *Demain*. Elle aurait beaucoup de choses à lui dire.

Mais, à cet instant, tout ce que pouvait faire Rosa c'était aller se réfugier dans son lit et fermer les yeux. Laisser le sommeil l'étourdir, laisser les images apparaître. Les images rêvées d'un monde à venir. Ce serait après les travaux, après l'ouverture de l'hôtel. Lino serait en train de rire dans le hall, radieux face à son aquarium peuplé de méduses, créatures fabuleuses évoluant dans la lumière, souples, lactescentes. Derrière un comptoir de verre, les clefs neuves des chambres seraient suspendues comme des colliers, Hassan les classerait vêtu d'un habit blanc. Et les jambes de Rosa seraient nues. Non pas des jambes douloureuses, mais des jambes reposées, guéries et sans tache, sans une tache, jambes nues de Rosa que

Marc caresserait, chérirait et lécherait. Toutes ces images, Rosa les perçut tant et si bien que la possibilité de ce bonheur futur grimpa vers ses yeux comme une montée de sucre.

4

Pleine lumière. Le lendemain midi, de nouveau accaparée par le travail, Rosa se tenait debout sur le seuil du Petit Soleil. Sa serveuse était encore en retard, de plus de deux heures, et tout en ajustant les menus Rosa inspectait la rue, les commerces, les immeubles aux murs ocre, leurs volets entrebâillés. Trois jeunes filles de retour de la plage déambulaient en riant, leurs sandales pailletées de sel. Pour la troisième fois de la matinée, Rosa téléphona.

— Anna. Je tombe encore sur votre répondeur. Je ne vous vois pas arriver, il est midi passé. On a du monde en salle. J'espère que tout va bien. Rappelez-moi. Je m'inquiète.

De la salle, un client l'interpella.

— On peut commander ?

— J'arrive.

Dans moins d'une demi-heure elle serait débordée si Anna n'arrivait pas. Avant de prendre la commande, elle alla en cuisine pour interroger Hassan.

— Tu peux envoyer Ari chez Anna ?

— T'es sûre qu'elle ne devait pas prendre son dimanche ?

— Certaine.

— Pourquoi tu ne demandes pas à ton fils de t'aider en salle aujourd'hui ?

— Il dort.

— Il dort. Moi aussi j'aimerais dormir.

— Il a bu à la santé de l'hôtel.

— Combien ? Il a bu combien ?

— Suffisamment.

Hassan essuya ses mains sur son torchon.

— Ari finit les légumes et il y va.

— Merci Hassan, tu es un ange.

— C'est ça. Allez basta, basta, laisse-nous travailler un peu.

Rosa repassa en salle. En continuant de surveiller l'entrée, elle se rapprocha d'une table pour prendre la commande.

— Vous avez choisi ?

— La tarte Petit Soleil, qu'est-ce que c'est ?

Rosa allait répondre quand un mouvement devant le restaurant, dans la rue, attrapa son regard.

C'était un mouvement rapide, ordonné. Un rassemblement. Une petite troupe. Une demi-dizaine de personnes qui défilaient. Des insignes. Un flot d'uniformes, de brassards. Une traînée bleue aux pas lourds : des flics. Des flics surgis de nulle part.

Happée par cette vision, Rosa rabaissa son carnet de commandes. Elle s'excusa auprès de ses clients avant de se poster sur le seuil. L'essaim de flics était maintenant en train de franchir la porte de son immeuble. Son immeuble à elle.

D'instinct, Rosa se mit à les suivre. Armes, uniformes, bottes. Les flics s'étaient infiltrés dans le bâtiment comme des vents violents. Rosa ne savait pas pourquoi ils étaient là mais une intuition la guidait, presque de la peur. Elle pénétra prudemment dans la cage d'escalier. Regarda en haut. Ne vit plus personne. La nuée policière semblait s'être évaporée. Elle monta quand même. Une marche, une autre marche. Empruntant la direction de son appartement, troisième étage. Avant d'atteindre son palier, elle croisa une jeune flic à la traîne. Elle en découvrit d'abord le dos, les fesses moulées dans un pantalon contre lequel cognait une matraque. Gênée par la présence de Rosa, la femme se retourna vers elle.

— Restez pas là madame, redescendez.

— Vous allez où ?

Sans répondre, la flic continua de monter, irritant Rosa qui ne pouvait s'empêcher de la suivre, de la talonner jusque devant son appartement face auquel les autres flics s'étaient positionnés. L'un après l'autre, ils sonnaient et frappaient à la porte, autoritaires, impatients. Brutaux. Rosa questionna encore.

— Qu'est-ce qui se passe ?

— Restez pas là, je vous ai dit.

— C'est chez moi, là. J'habite là.

— Comment vous vous appelez ?

— Rosa Messina.

Suspendant son geste, un homme habillé en civil, brassard autour du bras, étudia Rosa à son tour.

— Vous êtes madame Messina ?

— C'est moi.

— Capitaine Li, brigade criminelle. Votre fils est chez vous ?

— Je pense. Pourquoi ?

— Vous pouvez nous ouvrir maintenant, ou on défonce la porte ?

— Ou vous faites quoi ?

— La porte. On l'enfonce ?

Sous le choc, Rosa passa devant les uniformes comme à travers une armée de mirages. Elle n'y croyait pas, ne croyait pas du tout à la présence de ces flics voulant tout emboutir. Elle se mit à frapper elle-même.

— Lino, c'est moi, ouvre.

Autour d'elle, les flics l'observaient avec tant de minutie qu'elle se sentit obligée de donner une explication.

— J'ai pas mes clefs sur moi, je suis en plein service au restaurant. Je tiens le Petit Soleil, en bas.

Mais Rosa n'eut bientôt plus besoin de se justifier : la porte finit par s'ouvrir et Lino apparut vêtu des vêtements de la veille, émergeant de son sommeil encore alcoolisé. Équilibre précaire, énonciation gommeuse.

— Putain, maman… T'as pas tes clefs ?

Ce furent les seuls mots que Lino parvint à lâcher dans son état de semi-coma. Le capitaine intervint :

— Vous êtes Lino Messina ?

Lino se redressa. Et il les vit. À côté de sa mère. Il vit le capitaine brandissant des papiers officiels, et il vit les uniformes, autour, qui l'encadraient, qui le scrutaient. Le flic répéta :

— Capitaine Li, brigade criminelle. J'ai un mandat de recherche contre vous.

— Un quoi ?

— Vous allez au commissariat avec mes collègues. Il est douze heures quarante. À partir de maintenant, vous êtes en garde à vue. Tout ce que vous direz pourra être retenu contre vous.

Les mots avaient été jetés comme des bûches de bois mort. Li sortit des menottes et invita le jeune homme à lui livrer ses poignets. Ahuri, Lino recula, refusant tout contact.

— Pourquoi vous faites ça, qu'est-ce qui se passe ?

Pour toute réponse, Li le força à se retourner et cadenassa les liens derrière son dos, l'empêchant de se débattre. Tout de suite Rosa se mit à protester, consciente de n'avoir aucun pouvoir contre cette force débarquée d'un monde surnaturel.

— Arrêtez, vous lui faites mal.

Personne ne l'écouta.

L'affolement la prit.

Une meute de mains se mit à pousser Lino dans les escaliers, à l'entraîner, et en une seconde Rosa perdit le regard apeuré de son fils enseveli dans la masse, avalé par une mâchoire sauvage. Alors qu'elle cherchait à le suivre, ordonnant aux flics de faire plus doucement, leur criant dessus, leur hurlant dessus, elle sentit une main qui accrochait son bras et la tirait en arrière. Le capitaine Li venait de l'immobiliser. Rosa explosa.

— Pourquoi vous l'emmenez ? Vous l'emmenez où ?

— Au commissariat.

— Ça va pas d'embarquer les gens sans leur dire pourquoi ? J'ai jamais vu ça.

— Vous avez l'habitude de la police, madame Messina ?

— Non, mais on dit aux gens pourquoi on les emmène, on ne les traite pas comme des chiens.

— On lui a dit ce qui se passe.

— À quel moment vous lui avez dit ?

— Je dois perquisitionner votre appartement.

— Mais *pourquoi* ?

— Vos papiers, s'il vous plaît.

Pas un instant le capitaine ne s'était énervé, lui, et Rosa prit enfin le temps de l'observer en détail. Son visage régulier. Ses yeux kaki, bridés. Sa peau mate, imberbe. Ses cheveux noirs d'une finesse de soie. Il était menu, grand, d'origine asiatique, à peine trente ans. Son regard était si inflexible que Rosa se mit à trembler. Une seconde, elle eut la tentation de le défier. Elle comprit vite qu'elle ne pourrait pas lutter. Quand le flic reformula son ordre, Rosa abdiqua et entra chez elle pour extraire son passeport d'un tiroir. Pendant que Li déchiffrait le document à voix haute, autour de lui trois de ses collègues, leurs mains revêtues de gants, avaient commencé à fouiller chaque parcelle de l'appartement, ouvrant, dépliant, renversant. Six mains plastifiées s'immisçant partout, comme des virus.

— Rosa Messina. Nationalité française. Née à San Remo, Italie. 42 ans.

Li avait énoncé cette identité comme si elle était déjà l'accès, pour lui, à certains secrets. Rosa ne le supporta pas plus qu'un crissement sur un tableau d'ardoise.

— Maintenant vous me dites pourquoi vous êtes là ? Je ne connais pas bien les règles mais je vous jure je vais porter plainte si…

— Vous n'avez aucune idée ?

— Aucune idée de quoi ?

— Quand vous nous avez vus arriver, vous avez pensé quoi ?

— Que vous vous êtes trompés, voilà ce que j'ai pensé.

Ce qu'elle avait pensé ? Elle avait pensé que Lino avait pu déclencher une bagarre, hier soir. Qu'il était tellement imbibé de champagne et de whisky que, oui, cela avait pu arriver. Cela était déjà arrivé qu'il se batte et qu'il blesse, même, n'importe qui à propos de n'importe quoi. Rosa avait pensé à tout cela. Mais elle ne le dirait pas. Tout ce qu'elle pouvait dire c'était que les flics s'étaient trompés et qu'ils étaient fous. Les flics étaient fous qui la fouillaient, qui l'infestaient. Li était fou qui lui livrait un nom :

— Martin Sopak.
— Martin Sopak ?
— Vous voyez qui c'est, madame Messina ?
— C'est le fils de ma serveuse. Le fils d'Anna.
— C'est ça. Un enfant de huit ans. On l'a retrouvé mort cette nuit.
— Martin ?
— Sur la plage.
— …
— La nuque brisée.

Les images d'un enfant mort qu'elle n'avait pourtant jamais vues paralysèrent Rosa d'un coup. Elle ferma les yeux comme pour les effacer toutes. Toutes ces images. Abstraites, floues. Insoutenables. Impossible d'y croire. Pourtant quand elle rouvrit les yeux, le flic était toujours là, devant elle. Il l'observait. Port de tête immobile, yeux de pierre. Rosa savait qu'il venait de dire la vérité. Elle le sut, au plus profond de ses veines, lorsque ses larmes montèrent et la brûlèrent, acides jusque sur ses dents. Sa voix trembla.

— Anna est au courant ? Les parents de Martin, Anna et Roman Sopak, ils sont au courant ?
— Dans quelques heures, tout le pays sera au courant.

Elle recula d'un pas.

— Pourquoi vous avez emmené mon fils ? Qu'est-ce qu'il a à voir avec…
— C'est notre premier suspect.
— Lino ? Non, vous vous trompez, Lino ne peut pas avoir… Non. Vous allez vite vous en rendre compte.

— On va voir ça.

— C'est tout vu... Il faut que j'appelle Anna. Il faut que je lui parle.

Ne pas s'effondrer. Elle essuya ses yeux d'un revers de main, cherchant un soutien autour d'elle. Les clients du restaurant, Hassan et Ari lui revinrent à l'esprit. Elle avait tout laissé en plan.

— Je dois descendre au restaurant. On est en plein service, il faut que je les prévienne.

— On est en train de s'en occuper.

— Quoi ?

— Mes collègues sont en train de prévenir tout le monde de la situation.

— La situation ?

— On peut aller dans votre chambre ?

La sidération la prit.

Sans pouvoir protester, elle se retrouva à suivre le capitaine Li au fond de l'appartement, entraînée dans sa chambre comme dans une cellule. Par pudeur, elle rabattit le drap de son lit défait pendant que Li observait les trois photos de Lino et Rosa exposées sur une commode, quand il avait deux, puis onze, puis seize ans. Sur tous les clichés, Lino était en maillot de bain, torse tanné, il brandissait des trophées de plongée. Rosa se retrancha près de la fenêtre, tentant de ne pas vaciller. Li examina chaque figurine de Murano en forme de fleur, d'éléphant, de tigre. Un petit bouddha noir. Il regarda tout dans la chambre, interrogeant Rosa sans la regarder, elle.

— Vous savez ce qu'il a fait cette nuit votre fils ?
— On a passé la soirée ensemble. Au Tangerina.
— La boîte de nuit ?
— Le patron est un ami. Marc Laine. C'est son nom.
— Vous avez passé toute la soirée avec votre fils et monsieur Laine ?
— On faisait la fête.
— Et vous fêtiez quoi, madame Messina ?
— On a obtenu un financement pour notre hôtel. On va le gérer tous les deux.
— Avec monsieur Laine ?
— Avec mon fils. Marc met juste de l'argent. Il sera associé, avec les autres financiers qu'on a trouvés.
— Vous êtes en train de monter un hôtel ?
— Un petit établissement, oui. Trois-étoiles.
— En plus de votre restaurant ?
— Non, le restaurant on va le mettre en vente. Écoutez, Lino était avec nous toute la soirée.

Rosa se sentait prête à raconter tous les détails, prête à décrire la langue de Marc sur son sexe, Lino qui buvait son champagne, le faisait couler sur le cou d'une fille en robe d'or aux gestes empreints de lenteur. Mais Li jetait ses questions sans lui laisser de temps. De sa voix veloutée, évitant son regard, il lançait ses lames.

— Vous êtes rentrés à quelle heure du Tangerina ?
— Quatre heures, quatre heures et demie.
— Vous êtes rentrés ensemble, avec Lino ?
— Quasiment.

— Ça veut dire quoi ? Vous étiez ensemble ou pas ensemble ?

— On était ensemble. Mon fils était avec ses amis, moi avec les miens. Je suis rentrée cinq minutes avant.

— Quels amis ?

— Marc Laine, je vous ai dit.

— Je parle des amis de votre fils.

— Il y avait la fille. Marina Davy. Elle est vendeuse dans la boutique de vêtements à côté.

— C'est sa petite copine ?

— Non.

— Il a une petite copine ?

— Pas que je sache. Pas en ce moment.

— Il a déjà eu des relations avec des filles ?

— Il a vingt-trois ans, qu'est-ce que vous croyez ?

— Vous savez qu'il aime les enfants ?

— Quoi ?

— Les enfants. Vous savez qu'il les aime ?

Et avec cette dernière question, ce fut comme si le flic venait de perdre toute crédibilité. Le jeune homme qu'il cherchait à cerner, ce n'était pas son fils. En aucun cas son fils. Rosa voulut quitter la pièce, mais Li la retint.

— Les enfants. Vous savez qu'il les aime ?

— Il ne les aime pas spécialement.

— Il n'aimait pas Martin Sopak ?

— Il lui donne juste des cours de plongée à ce gosse. Ça arrange Anna que Lino occupe le petit, surtout le week-end. Le samedi, ils travaillent tous les deux, elle et son mari. Lui, il est ouvrier, dans le bâtiment.

— Je vais vous montrer.

Calmement, Li appela un collègue pour qu'il lui apporte un document. Une chemise en carton brune qu'il ouvrit devant Rosa avec méthode, étalant son contenu sur le lit : une série de pochettes transparentes et scellées renfermant une douzaine de photomatons en couleurs. Sur chaque cliché, le petit Martin posait à côté de Lino. Le jeune homme et l'enfant se faisaient des grimaces. Ou bien grimaçaient à l'objectif, tiraient la langue, louchaient, pouffaient, déformaient leur bouche, toutes dents dehors. Partout, des traits noirs faits au stylo-bille barraient le visage de Lino. Visage raturé reproduit des dizaines de fois que Rosa découvrait, incrédule.

— C'est ridicule. Un enfant, ça vous déteste aussi vite que ça vous adore, tout le monde le sait. C'est pour ça que vous avez arrêté Lino ?

— Ce n'est pas que pour ça. Prenez votre temps. Regardez bien.

Mais Rosa ne regardait plus.

— Vous vous trompez. Ça ne veut rien dire du tout.

— Cette nuit, Lino est rentré du Tangerina de son côté. Vous étiez avec vos amis, lui avec les siens. Vous ne savez pas ce qu'il faisait juste avant quatre heures et demie. Il est rentré à quatre heures et demie, c'est ça ?

— À peu près.

— Il est rentré après vous ?

— Quasi en même temps que moi.

— Vous l'avez vu quand il est rentré ?

— Je l'ai vu.

— Il était dans un état normal ?

— Très normal.

Li se tut. Désormais, il dévisageait Rosa comme si elle était devenue insecte, et celle-ci s'imagina que le flic allait sortir des clous pour la fixer au mur. Pour la première fois depuis qu'il était apparu, Rosa s'interrogeait sur l'identité de ce jeune flic au visage glabre, à la détermination aussi glaçante qu'un sabre. Ce qu'il était, ce qu'il sentait, s'il souffrait, lui aussi, comme pour tenter de le rendre plus réel alors même qu'elle avait l'impression de dormir, de cauchemarder.

— L'enfant, c'est vous qui l'avez trouvé, monsieur Li ?

— Ce sont des touristes qui l'ont trouvé. Un couple. Ils voulaient passer la nuit sur la plage.

De retour, les images inconcevables d'un enfant mort bloquèrent son souffle. Elle referma les yeux. Elle répéta :

— Non. Impossible. Lino est incapable de…

Elle ne parvenait pas à le dire.

— Les parents du petit, ils vous le diront aussi bien que moi. Vous les avez vus, non, Anna et Roman Sopak ? Qu'est-ce qu'ils ont dit ?

— D'après vous ?

— Je suis sûre qu'ils ont dit comme moi.

Alors Rosa se mit à songer au désespoir d'Anna

Sopak, enceinte et mère d'un enfant retrouvé mort dans la nuit, et, l'espace d'un instant, ce fut comme si un caïman vermeil était apparu dans le ciel, les yeux rivés au sol, à la recherche d'une proie.

5

En pleine rue, des flux de voitures, de passants, de pigeons et de chiens s'écartaient de Rosa comme des fumées fuyantes. Obnubilée par cette horreur dont elle ne parvenait pas à se représenter exactement la forme, dont elle échouait à reformuler le nom, Rosa traversait à pas rapides les rues les unes après les autres. Elle ne regardait rien de précis autour d'elle, n'entendait rien, elle se pressait dans les artères de Nice, ne voyait rien, ne discernait rien, quittant son quartier et pénétrant un autre secteur de la ville de plus en plus désordonné, plus terne, vêtements fraîchement lavés accrochés aux fenêtres, aussi lourds que des cuirs d'animaux en cette fin d'après-midi brûlante.

L'écœurement l'asphyxiait. Elle avait besoin d'entendre la voix de son fils, ne serait-ce que celle enregistrée sur répondeur. Besoin que cette voix lui donne du courage. L'illusion qu'il n'était pas là où il n'aurait pas dû être. Tout en marchant elle téléphona, se cognant sans surprise à un répondeur froid.

— Lino, c'est moi. C'est maman. J'espère qu'ils ne vont pas te garder longtemps au commissariat. C'est terrible cette histoire, c'est... Je leur ai dit que t'as rien fait. Ils vont s'en rendre compte de toute façon. Tu me rappelles dès que tu as ce message, d'accord ? Je vais chez Anna. Je n'ai pas réussi à la joindre, je vais la voir. Rappelle-moi mon chéri. Je t'aime.

Dans la foulée, Rosa appela Marc. Il ne répondit pas lui non plus et elle dut aussi laisser un message. Enfin, au bout d'une heure de marche, elle tourna à gauche et arriva à un carrefour dominé par des HLM gris comme des orages.

L'immeuble d'Anna Sopak était là, sale, désolé, et Rosa s'en approcha avec la sensation de progresser dans un territoire étranger, brouillé de sons et de volumes. Elle n'était venue ici qu'à une seule occasion, deux ans auparavant. Ses souvenirs peinaient à s'ordonner. D'un pas hésitant, elle se dirigea vers une porte vitrée qu'un code maintenait close. Puis elle profita qu'un homme sorte pour entrer, traverser un hall vétuste inondé de néons, trouver un accès, et débarquer dans une cour sans végétation encadrée d'une douzaine de portes vertes. Elle n'eut pas de mal à identifier celle d'Anna, tout au fond, barrée d'une rubalise jaune. La seule porte à être gardée par un flic qui lui coupa la route.

— Restez pas là.

Ce planton ressemblait à un teckel malade, mais son ordre ne laissait aucun choix.

Rosa recula de quelques pas et prit le temps de regarder autour d'elle. Sur sa gauche, de l'autre côté de la cour, d'autres portes étaient alignées. Dans ses souvenirs, la petite sœur d'Anna habitait l'immeuble, et c'était sa porte que Rosa cherchait. Elle avait oublié son prénom mais un détail lui était revenu, une marguerite collée sur un chambranle. Enfin elle trouva la fleur et alla sonner en tentant de faire abstraction de la présence du flic derrière elle. Rapidement, la porte s'ouvrit sur la sœur d'Anna, vingt ans, silhouette plus fragile qu'un squelette de lézard. Rosa ne savait pas si la jeune femme l'avait reconnue. D'une voix enrouée, elle s'excusa.

— Je suis Rosa Messina. Du Petit Soleil. Anna est chez toi ? Je viens d'apprendre pour…

Elle ne parvenait pas à le dire.

Face à elle, la jeune femme secouait la tête en silence, comme ailleurs, yeux catatoniques et bouffis, rouges d'avoir trop pleuré. Elle considéra Rosa un instant avant de retourner dans l'appartement en appelant quelqu'un en polonais. Une vieille dame se présenta, minuscule créature aux joues pleines, entre soixante et quatre-vingts ans, d'un âge difficile à déterminer tant ses rides étaient atténuées par la rondeur du visage. Ce furent ses yeux, surtout, qui émurent Rosa. Ses yeux bleus. Ses yeux brisés.

— Vous êtes la maman d'Anna ? Je suis désolée de vous déranger, je viens d'apprendre pour…

Elle ne parvenait pas à le dire.

Sans laisser à Rosa le temps de reprendre parole, la vieille dame se mit à crier en direction du fond de l'appartement.

— Roman ! Roman !

La vieille femme prononçait *Romane, Romane*. Elle appela encore deux fois jusqu'à ce que le mari d'Anna vienne les rejoindre. Robuste, moins de trente ans, tee-shirt gris tombant sur son jean délavé, Roman Sopak avait les mains couvertes de résidus de peinture et de plâtre, comme deux gants faits d'une dentelle déchirée. Rosa comprit qu'il avait dû quitter son chantier en urgence. Elle le salua avec précaution, de peur qu'il ne s'effondre.

— Bonjour Roman. J'ai essayé d'appeler Anna avant de venir, je voulais avoir de vos nouvelles. Je suis tellement… Anna est là ?

— Elle veut voir personne.

— Bien sûr. Je l'avais appelée ce matin aussi. Je m'inquiétais de ne pas la voir au restaurant, je ne pouvais pas savoir que…

Elle ne parvenait pas à le dire.

La vieille femme, toujours postée à côté de Roman, droite et tendue, ne la lâchait pas des yeux. Rosa poursuivit.

— Si vous avez besoin de quoi que ce soit, vous pouvez m'appeler. N'importe quand. Vous pourrez le dire à Anna ?

Roman acquiesça sans conviction tandis que, derrière ses larges épaules, Rosa venait de percevoir un mouvement. C'était la sœur d'Anna qui traversait la pièce. Entre ses mains fines, elle portait un verre rempli d'eau qui, le temps de croiser un rayon de lumière, s'était mis à scintiller. La jeune femme se dirigeait vers un fauteuil violet plongé dans l'ombre dont on ne distinguait que le dos. Et Rosa dut se pencher pour apercevoir le profil d'Anna assise là, perdue au fond du fauteuil, Anna qui pleurait et qui refusait de boire l'eau que sa sœur tentait de glisser entre ses lèvres, secouant la tête, récalcitrante, l'eau qui scintillait de nouveau dans la lumière. Sans réfléchir, Rosa tenta d'entrer dans l'appartement pour rejoindre Anna, lui parler, la consoler. Mais la vieille dame lui barra la route, s'adressant à Roman en polonais avec emportement. L'homme hocha la tête, en accord avec le fouet de chaque parole. Rosa le pria de tout lui traduire.

— Elle demande si votre fils a été arrêté.

— La police est venue, mais…

— Il est chez les flics ?

— C'est normal qu'ils interrogent tout le monde. Moi aussi ils m'ont interrogée. Ils ont dû vous interroger vous aussi.

— Vous avez vu les photos ?

— Les photos ? C'est un jeu d'enfants, ce n'est pas…

La vieille dame s'était tue. Elle toisa Rosa quelques secondes encore avant de retourner à l'intérieur de l'appartement sans la saluer, comme si la mère de Lino ne méritait pas plus d'attention qu'un menu tas de déchets. Roman eut l'air de s'en excuser. Rosa tâcha de masquer son émotion.

— Dites-lui qu'avec mon fils on aimait beaucoup Martin. Lino adorait l'emmener faire de la plongée… C'était un petit garçon adorable.

— Je dois vous laisser, maintenant. Excusez-moi.

Et l'homme referma la porte avec une douceur, dans son geste, qui acheva de la bouleverser. Elle attendit un moment avant de parvenir à retrouver ses esprits, ses forces, avant de pouvoir se retourner. Sous ses yeux, les rubalises jaunes, gardées par le flic, semblaient désormais recouvertes d'une calligraphie abominable. Impossible à décrypter.

Hors de l'immeuble. Rosa se força à ne pas pleurer, ne pas crier. À nouveau dans la rue avec ses écoulements de passants, de voitures et de chiens plus irréels que des projections d'images sur un grand drap froissé, Rosa s'écarta de ce bâtiment gris comme s'il avait tendu la main vers elle, menaçant de la battre. Tout en s'éloignant, elle s'empara de son téléphone, elle rappela son fils. Quand elle entendit le répondeur, elle raccrocha. Elle rappela Marc. Cette fois il répondit vite, s'excusant de n'avoir pas entendu son premier appel, et Rosa lui raconta tout. Raconta l'arrestation de Lino. Raconta l'attitude de Roman, puis celle de la vieille femme. Marc ne savait comment dire sa tristesse.

— Les flics ont téléphoné au Tangerina, ce midi, je pensais que c'était encore à cause du bruit, mais je crois que…

— Ils ont dit quoi ?

— Ils veulent me voir.

— Ils veulent voir tout le monde. C'est ce que j'ai dit à la mère d'Anna qui pense que Lino a…

Elle ne parvenait pas à le dire.

— Putain, c'était horrible, Marc. Cette vieille femme, elle avait l'air si sûre d'elle.

— Elle est sous le choc, Rosa. Mets-toi à sa place.

— Je n'arrivais pas à joindre Anna par téléphone, je suis allée chez elle parce que je voulais juste…

— Tu n'as rien fait de mal.

— Je voulais juste voir Anna.

— Je sais.

Elle aurait voulu que Marc la rassure, que Marc lui fournisse toutes les réponses à toutes ses questions. Mais il ne savait rien de plus.

— On se retrouve au commissariat si tu veux.

— Tu crois que les flics vont garder Lino combien de temps ?

— On verra sur place.

Rosa accéléra. Elle n'arrivait pas à oublier les yeux de la vieille femme. *Bleus*. Elle n'arrivait pas à se calmer. *Brisés*. Autour d'elle, les rues de Nice étaient assourdissantes.

6

Le commissariat central dans lequel Rosa entra une demi-heure plus tard, vaste, humide, était peu peuplé, peu agité. L'immobilité de cette atmosphère l'étonna. Elle s'était imaginé qu'elle y découvrirait une autre ambiance, une excitation, un brouhaha, un désordre, des journalistes, une foule, pas ce calme, pas ce silence, pas cet ordre. Chaque flic dans son coin. Une poignée de gens qui patientaient, muets, sur des chaises, mains jointes sur les genoux. Des plantes artificielles raides comme des os. Une bombonne d'eau vide remplie de moisissures. Le grincement d'une semelle qu'un jeune homme aux cheveux blancs frottait avec fébrilité sur le carrelage, et à côté duquel Marc attendait. Rassurée par sa présence, Rosa se hâta d'aller l'étreindre. Ensemble, ils se rapprochèrent d'un flic en uniforme dont ils ne savaient pas déchiffrer le grade. Marc se présenta.

— On m'a dit de venir.

— Un instant.

Le flic passa un coup de fil, et Rosa en profita pour observer Marc, sa carrure imposante, son visage dont elle aimait toutes les rides. Même s'il ne le montrait pas, elle le savait affecté par la mort de cet enfant qu'il avait croisé quelques fois. Elle lui était reconnaissante d'être là, avec elle. Marc serra sa main dans la sienne, prenant conscience qu'il s'agissait de leur première sortie publique en tant que couple. Cette pensée la toucha. Elle pressa la main de Marc, prête à attendre le flic pendant des heures.

Ils n'eurent pas à patienter si longtemps. Le capitaine Li en personne vint chercher Marc. Son visage placide, imperturbable, glaça Rosa autant que la première fois qu'elle l'avait vu. D'un geste, le flic indiqua à Marc de le suivre : il le recevrait, lui, et lui seul. La décision de Li n'était pas négociable et Marc tâcha de trouver les mots pour que Rosa accepte de l'attendre. Elle se résigna, se contentant de l'accompagner du regard jusqu'à ce qu'il s'efface derrière une porte. Puis elle se tourna vers le flic qui les avait accueillis. Statique, il semblait la surveiller sur ordre. Elle le questionna.

— Vous savez si mon fils… Lino Messina. Mon fils. Il en a pour longtemps ?

— Je peux pas vous dire.

— Ça dure combien de temps une garde à vue ?

— Ça dépend.

— Ça dépend de quoi ?

— Ça dépend.

Rosa cessa de l'interroger quand elle comprit que ce flic ne dirait rien, qu'il ne savait rien, housse vide dont elle préféra s'écarter.

Calme, calme, Rosa se forçait au calme, inspirant, expirant. Elle essaya de s'asseoir près du jeune homme aux cheveux blancs qui n'avait pas cessé de frotter sa semelle de vieille basket sur le sol. Il frottait. Tête baissée. Il frottait et c'était insupportable. Rosa se releva. Elle revint vers le flic pour tenter de soutirer d'autres informations. Mais au moment où elle allait l'interroger elle entrevit quelqu'un, au fond du commissariat. Un homme. Un homme qu'elle connaissait se dirigeait vers la sortie. Cette apparition augmenta son anxiété d'un coup. En hâte, elle se cacha derrière un paravent, feignant de s'intéresser à des prospectus, dépliants imprimés de slogans en faveur de la police. L'homme passa à quelques mètres d'elle, sans tourner la tête, sans la voir. Il passa si près qu'elle put sentir la sécheresse de sa peau bronzée, l'âcreté de sa sueur sur son tee-shirt délavé, distinguant trop nettement la forme de son tatouage sur le cou, une empreinte de pneu noire qui s'étalait jusque sous le menton épais, donnant l'illusion que l'homme avait été écrasé par ce pneu même. Rosa attendit d'être certaine qu'il soit sorti du commissariat pour rejeter la poignée de prospectus dont elle s'était emparée instinctivement comme d'un pauvre bouclier. Sous le regard du flic qui n'avait pas bougé, elle émergea de sa cachette, décomposée, et tenta de faire comme si. Comme si de rien. Rien du tout. Mais le flic l'observait avec obstination. Rosa se sentit acculée.

— Vous pourrez dire au monsieur qui était avec moi, Marc Laine, le grand monsieur, vous pourrez lui dire que je l'attends au Petit Soleil ? Ou à Lino Messina, mon fils, quand il sortira, vous pourrez lui dire aussi ? Je ne me sens pas bien, je vais rentrer. Le Petit Soleil, c'est mon restaurant. Vous leur direz ?

Le flic accepta et Rosa s'empressa de partir. De s'enfuir.

Quelques minutes plus tard, elle était de retour dans la salle du Petit Soleil et recommençait à dresser les tables, rangeant ce que les derniers clients avaient laissé derrière eux, renvoyés par les flics, apeurés par les flics, pliant les serviettes, plaçant les assiettes, époussetant les verres, concentrée sur ses mains, sur ses gestes, concentrée pour ne pas risquer de penser n'importe comment, plier, dresser, ne pas s'affliger, ne pas s'affoler. Parce qu'un enfant était mort, parce que Lino n'était pas revenu. Ne pas hurler. Quand Hassan, son chef cuisinier, arriva, il lui parla d'une voix précautionneuse. Il savait que Martin était mort. Il avait vu Lino embarqué par les flics.

— Comment tu te sens, Rosa ?

— Je suis désolée, Hassan, j'aurais dû t'appeler. Mais j'ai pas arrêté, j'ai…

— Tu as des nouvelles d'Anna ?

— Je n'ai pas pu la voir. J'ai essayé. Ce n'était pas possible.

— Je l'ai appelée, mais elle n'a pas répondu.

— Elle ne répondra pas, Hassan, pas tout de suite.

— Et Lino ?

— Il est encore au commissariat.

— Ils interrogent tout le monde.

— Je sais. Ils t'ont interrogé aussi ?

— Ils ont vu tout de suite que j'étais en règle. Pareil pour Ari.

— Je m'en doute.

Hassan jeta un œil autour de lui. Rosa avait presque fini la mise en place.

— Tu veux qu'on ouvre le restaurant ce soir ?

— Non. Bien sûr que non. Tu pourras prévenir Ari ?

— C'est déjà fait. Je reste avec toi si tu veux.

— Tu es adorable, mais Lino ne va pas tarder.

— Tu es sûre ?

— Sûre.

Elle n'avait plus la force de faire la conversation. Sur la vitre de la porte, elle afficha un panneau sur lequel le mot « Fermé » était inscrit en grosses lettres. Hassan n'osa pas insister.

— Tu sais que tu peux m'appeler à n'importe quelle heure, Rosa ?

— Tu es un ange.

Avant de partir, il déposa un paquet de cigarettes dans le creux de sa paume.

— Ça te fera du bien.

Elle apprécia d'un hochement de tête. Et sur le seuil, jusqu'à la nuit, Rosa guetta seule le retour de son fils.

Elle attendait depuis deux heures quand elle aperçut, enfin, la silhouette d'un homme qui s'engageait dans la rue. Mais l'homme massif qui avançait vers elle, coupant le soir, n'était pas son fils. C'était Marc, seulement Marc, qui revenait du commissariat. En guise d'accueil, Rosa lança une nouvelle salve de questions.

— Ça va ? Qu'est-ce qu'ils t'ont dit les flics ?

— Ils voulaient la liste de mes clients au Tangerina.

— Et Lino ?

— Il ne va pas sortir tout de suite.

— Il va sortir quand ?

— Je ne sais pas, Rosa.

— Tu as demandé ?

— Personne ne sait quand il va sortir.

— Il va passer la nuit là-bas ?

— Ça se peut. Tu m'offres une bière ?

La cannette que Rosa lui tendit, Marc la but cul sec comme s'il s'était injecté un shoot. Il était en nage. Rosa lui tendit une serviette avant de poursuivre l'interrogatoire. À ses yeux, Marc n'avait pas le droit de faillir. Ce que personne ne savait, elle voulait le savoir.

— Mais qu'est-ce qu'ils t'ont dit exactement ?

— Je te l'ai dit, Rosa. Ils voulaient les noms de mes clients. Il fallait faire deux listes, ceux qui connaissent Lino, ceux qui ne le connaissent pas.

— Tu as dit qu'il était avec Marina toute la nuit ? Tu as dit qu'on était ensemble ?

— J'ai tout dit.

— Alors pourquoi ils le gardent ?

— Ils enquêtent, Rosa, ils font leur boulot.

— Cette histoire de photos, c'est ridicule.

Marc posa sa bière et prit Rosa dans ses bras, l'embrassant sur les cheveux avec tendresse. Elle se laissa faire sans parvenir à se détendre, sans parvenir à effacer l'image ingrate revenue la hanter.

— J'ai vu Paul au commissariat.

— Qui ça ?

— Le père de Lino. Avec son tatouage sordide. Quand je l'ai vu ça m'a…

— Tu lui as parlé ?

— Bien sûr que non. Ça fait quinze ans qu'on n'a plus aucun contact avec lui. Qu'est-ce qu'il a bien pu leur dire aux flics ?

Marc n'avait toujours pas de réponse. Selon lui, tout ce qu'ils pouvaient faire c'était attendre. Juste, attendre.

Mais Rosa ne le supportait pas. Elle se détacha de Marc pour s'emparer du paquet de cigarettes que lui avait laissé Hassan, soulagée d'y trouver deux joints de shit roulés exprès pour elle. Elle en alluma un, aspira une longue bouffée comme si la drogue était d'oxygène, bientôt submergée par une émotion macabre.

— Comment on peut s'en prendre à un gosse... Le visage du père de Martin, tu l'aurais vu, il était... Je ne pourrai jamais l'oublier. Si Lino mourait... Je ne le supporterais pas moi non plus.

— Ne pense pas à ça.

— Je ne peux pas m'en empêcher. Ça m'obsède. Ça me...

Elle ne put retenir ses larmes, laissant Marc la consoler d'une nouvelle caresse. Elle culpabilisait de lui voler tout son temps.

— Tu n'as pas une soirée au Tangerina ce soir ?

— Un mariage.

— Tu peux me laisser seule, tu sais. Je vais monter à l'appartement. Il faut que je m'allonge, j'ai trop marché.

— Viens chez moi si tu veux.

— Tu as ta mère chez toi.

Elle pressa la main de Marc pour le rassurer, le convaincre.

Mais dans les escaliers qui menaient à son appartement, seule, embrumée par le joint d'Hassan fumé trop vite, au bord du vertige, les souvenirs de ce qui s'était passé vers midi, sur ces marches, se mirent à l'envahir. L'enlèvement de son fils. Les cris lancés. Les corps empoignés. Tout semblait avoir eu lieu à une époque déjà lointaine. Les portes des voisins étaient toujours closes, elle les dépassa en accélérant.

Elle ouvrit son appartement et alluma la lumière du salon. Il était sens dessus dessous. Elle préféra éteindre. Rester un instant, là, dans la pénombre, immobile. Trois étages gravis comme on gravit une falaise. Elle se pencha pour retirer ses chaussures. Puis elle fit quelques pas, chez elle comme chez quelqu'un d'autre, une autre Rosa, une Rosa inconnue. Elle se rendit devant la chambre de Lino. Le désordre y était encore plus impressionnant. Elle entra.

Ici aussi les gestes lui vinrent, automatiques, ritualisés, identiques à ceux qui lui étaient venus devant les tables à dresser de son restaurant. Elle lissa les draps du lit de son fils. Elle ramassa un cendrier, un pantalon, une chemise, elle plia et elle rangea. L'ordinateur portable de Lino n'était plus à sa place, confisqué par les flics. Elle donna à manger aux poissons. Les plus petits se précipitèrent vers les miettes, se reflétèrent dans ses yeux. Elle défroissa l'oreiller du lit. Elle s'y allongea. Là, sur le matelas de son fils, elle étendit ses jambes. Ses jambes qui, en une seconde, s'incendièrent. Elle avait sans doute mal depuis un moment mais elle n'en prenait conscience qu'à cet instant, ici. C'était comme si un magma s'était emparé de ses pieds, de ses mollets, tout son sang semblait en fusion. À l'aide d'un coussin, elle tenta de surélever ses membres ainsi qu'un médecin lui avait conseillé de faire. Une astuce, pour réactiver la circulation sanguine. Et elle continua d'attendre, jambes enflammées, incapable d'ordonner ses pensées, perdue dans un lacis d'hypothèses incohérentes, désorientée par le dégoût, et luttant, ardemment, contre la colère.

7

Rosa ne dormait pas. Allongée seule sur le lit de son fils, malgré le shit d'Hassan et malgré l'épuisement, elle conservait ses yeux ouverts comme des ventres. Rosa ne dormait pas. Elle attendait son fils. Six heures du matin. Lino n'était pas rentré. Sa chambre vide. L'appartement vide. Pas une minute Rosa n'avait dormi, assourdie par une incompréhension plus forte qu'une drogue. Autour d'elle, les premières lueurs du jour déjà chaud étaient venues s'agrafer aux anfractuosités des murs. Elle avait l'impression de peser trois cents kilos. Pourtant il lui fallait se lever. Se doucher, s'habiller. Il lui fallait y retourner, au commissariat. Y revenir. Pour comprendre.

L'endroit était toujours aussi inanimé. Elle avait apporté un sac plein d'affaires pour Lino, elle décida de s'adresser au hasard à un flic au visage dépourvu d'expression. Elle n'aurait pas su dire si ce flic était le même que la veille, ni s'il faisait partie de ceux qui avaient fouillé chez elle. Ce matin-là, les flics lui paraissaient tous interchangeables. Physionomies interchangeables, psychologies interchangeables. Robots.

— Vous pouvez me dire à quelle heure mon fils va sortir ? Lino Messina. Mon fils. Il est là depuis hier.

— Je ne peux pas vous dire.

— Ce serait possible de le voir ?

— Les visites sont interdites en garde à vue.

— Je sais, mais... Vous pouvez appeler monsieur Li ?

— Le capitaine Li ?

— Oui. Je peux lui parler ?

— Il n'est pas là. Vous pouvez lui laisser un message.

— Il revient quand ?

— On lui transmettra.

Rosa considéra en détail ce distributeur de réponses inopérantes. Son crâne rasé. Ses oreilles ridiculement petites en comparaison de ses lèvres pulpeuses. Tout chez lui la repoussait, il ne servait à rien d'insister.

— Je peux l'attendre là ?

— Je peux pas vous empêcher.

Rosa alla s'asseoir sur une petite chaise en plastique orange, son sac replié contre sa poitrine.

Dans la salle d'attente, parmi les pots de plantes artificielles, deux autres personnes patientaient. Très jeunes, au regard de Rosa, seize ans, dix-sept ans, d'origine roumaine, peut-être, vêtus d'habits précaires. L'adolescente était enceinte. Six, sept mois de grossesse. Elle avait posé sa tête sur l'épaule de son ami. Yeux fermés. Ils semblaient dormir. Rangés là depuis des heures comme des armoires, comme s'ils ne devaient jamais plus bouger. Rosa était assise à quelques centimètres d'eux quand, au bout d'un temps indéfinissable, les paupières de la jeune fille se mirent à vibrer. Lentement, ses yeux frémirent, s'ouvrirent, et commencèrent à fixer Rosa. Deux pupilles noires, deux boutons aux reflets stables et directs. La jeune fille souriait lorsqu'elle commença à caresser son gros ventre du bout des doigts, tendrement, caressant par-dessus le tissu élimé de son pull, caressant le bébé à travers lui. Et, peu à peu, Rosa se laissa magnétiser par ce geste comme par un pendule, par cette jeune main qui allait et qui venait sur le ventre, par cette douceur. Elle se força à détourner le regard pour ne pas se remettre à pleurer. Sans qu'elle puisse la contrôler, sa jambe gauche s'était mise à trembler, animal doté d'une vie indépendante, chien qui s'enrage. Alors Rosa perdit patience, attaquée par l'urgence comme par un convoi de bêtes.

Dès qu'elle aperçut le capitaine Li entrer dans le commissariat par la porte principale, elle bondit. Cet homme-ci, ce flic, Rosa parvenait à le reconnaître plus aisément que les autres, son teint asiatique, ses traits aussi fins que ceux d'une femme, d'un enfant. La tension de ses membres la traversant jusque dans sa langue, elle l'interpella.

— Capitaine !

Li se retourna tout de suite. Il la jaugea avant de lui indiquer d'un signe qu'il refusait de la recevoir, reprenant sa route vers la machine à café. Rosa le suivit.

— Mon fils, Lino Messina, vous allez encore le garder combien de temps ?

— Ça dépend.

— Il vous a dit qu'il est innocent, non ?

— Oui, ça, il l'a dit.

— Alors pourquoi vous le gardez ?

— Vous ne nous aidez pas en restant là, madame Messina.

— Pourquoi ça dure si longtemps ?

— Je ne peux pas en dire plus.

— Le voir cinq minutes, c'est pas possible ? Je suis sa mère, j'ai quand même le droit de…

— Les visites sont interdites en garde à vue.

— « Les visites sont interdites en garde à vue »… Vous ne savez dire que ça ici ?

Rosa tentait de contenir ses injures entre ses dents. Elle désigna le sac.

— J'ai apporté ça pour lui. Je peux lui donner ? C'est des vêtements propres, de l'eau. Je ne vois pas comment il pourrait s'évader avec ça.

— Calmez-vous.

— Pardon ?

— Je vous conseille de vous calmer.

— Ou bien quoi ? Vous allez m'enfermer moi aussi ?

La voix de Rosa avait résonné dans le commissariat. Elle n'était pas parvenue à articuler autrement qu'en criant. Le manque de sommeil, l'exaspération, ce flic impassible devant elle qui commandait un café chaud alors que Lino, lui, devait manquer de tout. Ce flic au flegme insoutenable quand il s'adressait à elle.

— Rentrez chez vous, madame Messina, c'est mieux.

— Mais c'est dingue. C'est totalement dingue.

— Vous devriez appeler un avocat. Votre fils a refusé d'en voir un commis d'office mais à ce stade c'est tout ce que vous pouvez faire. Votre présence ici ne sert à rien.

Rosa n'en revenait pas. Elle se violenta pour ne pas laisser sa colère exploser, se contentant de déposer son sac aux pieds de Li.

— Vous pourrez lui donner ça vous-même ?

— C'est quoi exactement ?

Rosa ne répondit pas. Peur de crier, encore. Peur de frapper.

Moins d'une heure plus tard, Rosa patientait dans une autre salle d'attente. Depuis l'arrestation de Lino, les événements s'enchaînaient de façon infernale. Cette fois-ci, c'était une avocate qu'elle était en train d'attendre, une relation de Marc qu'il avait proposé de payer lui-même. Mais Rosa était encore trop excédée par l'attitude de Li pour s'émerveiller du décor autour d'elle. Elle l'évaluait avec distance, grande pièce éblouissante avec moulures aux murs, tapisserie bucolique faite de crème et d'or, meubles anciens aux serrures lustrées. Marc prit sa main et la caressa en silence. À cet instant, le fait d'exhiber leur lien dans un lieu public leur semblait naturel à tous les deux, comme s'ils avaient toujours agi ainsi sans se poser de questions. Au bout d'un quart d'heure, une assistante les interrompit : maître Brun allait les recevoir.

Le bureau de l'avocate dans lequel ils furent invités à entrer était aussi précieux que la salle d'attente. Mais personne n'était là pour les accueillir, et Rosa sursauta en entendant une voix de femme aiguë retentir d'une pièce adjacente.

— Installez-vous, j'arrive.

Rosa interrogea Marc d'un regard. Pour lui, tout se passait bien, ils n'avaient qu'à s'asseoir, puisqu'on les y invitait. D'ailleurs maître Brun ne tarda pas à faire son apparition. Une épaisse serviette-éponge orange vissée autour de la tête, d'une maigreur anorexique, l'avocate pénétra dans la pièce en frictionnant ses cheveux blonds avec vivacité, et Rosa la découvrit comme si elle avait surpris une créature aux coutumes inhumaines. Prenant place au bureau, maître Brun se justifia d'une voix autoritaire.

— Je suis désolée, j'ai les cheveux mouillés, mais avec cette température c'est la seule chose qui me rafraîchisse. Je ne supporte pas la climatisation.

Rosa prit alors conscience de la chaleur embourbée dans la pièce. Elle observa la femme plus en détail. Sa silhouette efflanquée, ses trente-cinq ans aux cheveux de cordes. Rosa pouvait très bien s'en représenter le curriculum vitæ rutilant, avec son alliance et ses ongles manucurés, avec ses vêtements griffés. Immédiatement, Rosa la détesta, laissant à Marc le soin de répondre à ses questions méthodiques.

— Lino est entré à quelle heure en garde à vue ?

— Vers midi. Hier midi.

— Et pourquoi vous ne venez que maintenant ?

— On pensait qu'il allait sortir tout de suite.

— Vous ne saviez pas qu'on a le droit à un avocat en garde à vue ?

La question s'adressait à Rosa qui secoua la tête. Tout cela, l'avocate, le commissariat, elle n'y connaissait presque rien. La seule fois où Rosa avait vu un avocat, c'était pour son divorce, quinze ans auparavant. Elle avait détesté avoir à tout déballer à un inconnu, obligée de dénoncer chaque perversion de son ex-mari, ses infidélités, ses violences. Elle avait cependant été au bout, réussissant, au terme d'une procédure destructrice, à obtenir la garde exclusive de Lino.

D'abord Rosa écouta maître Brun, l'avocate aux cheveux mouillés. Puis, à son tour, elle posa des questions.

— Ils peuvent le garder encore combien de temps en garde à vue ?

— Il a déjà eu affaire à la police ?

— Lino ? Non, il n'a jamais eu d'histoires.

— Parlez-moi de lui.

— C'est un gentil garçon. Très ambitieux. C'est lui qui m'a convaincue de monter un hôtel. Je ne pensais pas que ce serait possible de réunir l'argent, mais il a réussi à trouver plusieurs financiers. Marc pourra vous en parler, c'est le premier à s'être associé à nous. Lino sait très bien ce qu'il veut. Il est très travailleur.

— Il vit encore chez vous ?

— Il n'a que vingt-trois ans.

— Il a une petite copine, ou un petit copain ?

— Non. En ce moment, il n'y a que l'hôtel qui l'intéresse. Il n'a pas eu une enfance dorée, vous savez. On n'avait pas d'argent, son père était absent. Lino est très attaché à moi. On est un peu inséparables.

Rosa s'arrêta là, de peur de nuire à l'image de son fils. Ne pas dire que Lino buvait trop. Qu'il était d'un tempérament joueur et doux, mais tourmenté depuis son adolescence. À fleur de peau, petit chien à la fourrure soyeuse dont les morsures étonnaient. Ne pas dire que Lino s'était souvent battu, la nuit, après des soirées trop alcoolisées en boîte, ou ailleurs. Battu à mains nues contre n'importe qui, à propos de n'importe quoi. Sang impulsif. Sang violent. Ne pas dire que Lino ne lui avait jamais présenté de petite copine. Des amies, oui, elle en avait souvent croisé, Marina, Sophie ou Fatma. Pas d'amoureuse officielle. Rosa avait toujours pensé qu'il ne lui parlait pas de sa vie sentimentale par timidité, par crainte de sa jalousie de mère trop exclusive. Elle-même ne lui avait pas parlé de Marc. Par timidité. Par exclusivité. Non, Rosa ne savait pas que dire de plus pour que cette avocate, cette étrangère, comprenne à quel point elle l'aimait, son fils unique, à quel point la défense de son innocence était évidente. Et vitale.

— Lino n'a jamais rien fait de mal.

— D'accord, madame Messina. J'ai compris. Et son rapport aux enfants ?

— Son rapport ?

— Il passe beaucoup de temps avec des enfants ?

— Mais non, il donnait juste des cours de plongée à ce gosse. Il ne passe pas son temps à faire les sorties d'école.

L'avocate inclina sa tête, terminant de prendre des notes avec son prétentieux stylo d'argent. Elle n'avait pas l'air affecté par les informations qu'elle consignait de façon routinière, le meurtre, l'arrestation, cela paraissait banal sous sa plume. Elle reprit.

— Les journalistes sont focalisés sur toutes ces marées noires depuis deux jours, ils ne vont pas vous harceler. Vous avez fait la une ce matin, c'était inévitable, mais on va tout faire pour que ça n'enfle pas. De toute façon, les vacances, c'est la semaine prochaine, et la dernière chose que veut la ville en ce moment c'est que la presse s'empare de ce genre de fait-divers. On a déjà trop souffert à Nice, vous ne croyez pas ?

Rosa la détailla encore. Sa serviette-éponge orange était déployée sur ses épaules comme une cape grotesque. Rosa ne savait pas quoi répondre.

À la fin du rendez-vous, exténuée, elle décida d'aller prendre l'air sur la Promenade. Marc la suivit le long de la mer, en plein soleil. C'était ce qu'ils avaient trouvé de mieux à faire pour patienter, marcher et fumer. Maître Brun avait promis de leur donner des nouvelles dans la journée, le lendemain au plus tard, elle ne savait pas quand exactement. Elle ne savait pas grand-chose. En attendant, Marc et Rosa longeaient la ligne courbe du rivage tapissé de galets. Sur les compétences de l'avocate, Rosa avait des doutes.

— Tu as confiance en elle ?

— C'est une super avocate.

— Tu couches avec elle ?

Surpris, Marc regarda Rosa qui regrettait déjà sa question.

— Tu trouves qu'elle me drague ?

— Je ne sais pas. Non. Je suis désolée.

— Désolée de quoi ?

Rosa se tut, émue par cet amour qui ne cessait de l'étonner. Pas un instant Marc ne l'avait laissée alors qu'il avait ses propres problèmes, Tangerina, mère malade. Elle poursuivit la marche en silence.

En lisière, les scintillements de la mer semblaient avoir augmenté. Rosa enfila ses lunettes de soleil pour observer le panorama, la plage pleine de galets sucés par les vagues, les dizaines d'hommes et de femmes en maillot de bain livrés à la chaleur, les rayons crochetant les corps comme des doigts pointus. Dans l'eau, des grappes d'enfants gesticulaient au milieu de bouées multicolores, cela criait, cela riait. Tout un paysage balnéaire que Rosa se mit à trouver dérisoire. Complètement décalé par rapport à ce qu'elle vivait, elle.

Elle s'en détourna pour vérifier l'état de ses jambes. Elle avait mal. Et la tache était toujours là. Rosa n'avait pas pensé à la maquiller ce matin-là. Rosa n'avait pas pensé à elle de toute la journée. Elle continua de marcher en faisant comme si cela ne la perturbait pas. Elle ne dit pas à Marc à quel point ses jambes étaient douloureuses. Ne reparla pas non plus de l'hôtel, de

Kinski et des investisseurs. Par superstition. Par peur. Elle serra la main de Marc dans la sienne, s'acharnant à espérer que tout serait réglé dans la journée. Que Lino sortirait avant le soir, qu'il reviendrait, sauf. Alors, même s'il leur resterait pour toujours un enfant mort à pleurer, tout reprendrait son cours bénéfique. Les travaux de l'hôtel commenceraient comme prévu. L'établissement ouvrirait comme prévu. Il serait tel que Lino l'avait imaginé. Tel que Rosa l'aimerait. L'adorerait.

8

Les jours suivants.

L'avocate parlait. Rosa écoutait.

— D'après le rapport de police. L'enfant devait connaître son meurtrier puisqu'il a ouvert lui-même la fenêtre de sa chambre au rez-de-chaussée en pleine nuit. Aucune trace d'effraction sur cette fenêtre. Aucune trace de violence. L'enfant n'a pas résisté. Sa fenêtre, il l'a ouverte lui-même. Peut-être qu'il était sous la menace lorsqu'il a suivi son tueur jusqu'à la plage de la Réserve. On ne sait pas. On ne sait pas s'ils ont marché plus d'une heure pour y aller sur cette plage ou s'ils ont pris un véhicule.

L'avocate parlait. Rosa écoutait.

— Les circonstances exactes du décès sont floues. L'enfant aurait lutté contre son meurtrier. Au cours de cette bagarre, il aurait fait une chute sur les rochers. Une chute violente. L'enfant est mort sur le coup, la nuque brisée.

L'avocate parlait. Rosa écoutait.

— L'enfant n'a pas été violé. Pas cette nuit-là. Mais l'autopsie révèle qu'il a subi des abus sexuels. Avant sa mort. L'autopsie est capable de révéler ça.

L'avocate parlait. Rosa écoutait.

— Bien sûr l'ADN de Lino a été retrouvé sur les vêtements de l'enfant. Ils avaient passé l'après-midi ensemble à faire de la plongée, alors c'est bien normal que l'on retrouve l'ADN de Lino sur l'enfant. La mère de l'enfant a dit elle-même qu'il ne s'était pas lavé à la maison en rentrant. L'enfant a pris une douche sur le port avec Lino. Pas en rentrant chez lui. Alors l'ADN de Lino, ça ne prouvera rien du tout. Ni l'ADN de l'enfant trouvé sur les vêtements de Lino. À part qu'ils se connaissaient, ça ne prouvera rien. Rien du tout.

L'avocate parlait. Rosa écoutait.

— Faites-moi confiance.

L'avocate parlait. Rosa écoutait.

— On a deux témoins. Un couple de touristes anglais, un garçon et une fille de vingt ans. Ce sont eux qui ont découvert l'enfant alors qu'ils voulaient passer la nuit sur la plage. Ils ont dit qu'ils avaient vu de loin un homme de l'allure de Lino quelques minutes avant d'arriver sur les lieux. Menu. Brun. Chemise blanche. Il faisait sombre mais la fille a reconnu Lino quand elle a vu les photos d'identité. Son copain, lui, a hésité. Et puis il a suivi l'avis de sa copine. C'est à cause de leur témoignage qu'ils ont interpellé Lino aussi rapidement.

L'avocate parlait. Rosa écoutait.

— Mais le crime en lui-même, personne ne l'a vu. Ni l'enlèvement, personne n'a rien vu. Cette plage-là est à l'écart, elle n'est pas aussi bien surveillée que la Promenade qui est truffée de caméras. Le petit et son tueur ont dû passer par des ruelles. Ou alors ils ont pris un véhicule. On ne sait pas. Les flics ont relancé un appel à témoins. Ça n'a rien donné pour le moment.

L'avocate parlait. Rosa écoutait.

— Les parents de l'enfant, Anna et Roman Sopak, ils ont très vite accusé Lino. La mère, elle aurait été violentée par un ami de la famille quand elle était petite. Alors les amis, elle s'en méfie. Elle accuse Lino catégoriquement.

L'avocate parlait. Rosa écoutait.

— Le problème, c'est que Lino n'est pas coopératif. Il rechigne à répondre aux questions des flics. Même à moi, son avocate, il n'arrive pas à donner son emploi du temps : à quelle heure précisément est-il sorti du Tangerina, où est-il allé ? Chez lui tout de suite ? Comment le prouver ? Il dit qu'il avait oublié son téléphone dans sa chambre. Il dit qu'il ne sait plus. Ses propos sont contradictoires.

L'avocate parlait. Rosa écoutait.

— Il y a aussi toutes ces photos d'identité qu'ils ont prises ensemble. L'enfant a griffonné le visage de Lino. Bon. Ce n'est pas une preuve évidemment. Ça paraît même anecdotique. Mais pourquoi l'enfant a-t-il fait ça ? Ils vont tout vérifier, les flics. Tout. Je vais tout vérifier, moi aussi. La perquisition, l'arrestation. Les flics ont intérêt à avoir tout fait dans les règles. Je vais tout contrôler.

L'avocate parlait. Rosa écoutait.

— Faites-moi confiance.

L'avocate parlait. Rosa écoutait.

— Ce crime, personne ne l'a vu. Ni l'enlèvement, ni le meurtre. Personne n'a rien vu. Rien.

L'avocate parlait. Rosa écoutait.

— Mais Lino ne va pas pouvoir sortir. Pas aujourd'hui. Ils n'ont pas d'autre suspect. Ils n'ont que lui.

L'avocate parlait.

— Ils vont mettre Lino en détention provisoire. Ils vont l'incarcérer.

9

Robe noire. Rosa se rendit aux funérailles de l'enfant. Chercha à se rallier, vers quatorze heures, à la silencieuse procession. Se rapprocha d'une petite église catholique dont elle ne savait plus le nom. Resta en retrait. Au bout d'une rue perpendiculaire. Lunettes de soleil revêtues comme une cuirasse, elle observa les premiers endeuillés qui passaient, devançant le défilé de sanglots. À l'avant, une dizaine d'enfants transportaient des peluches, des jouets en forme de voiture, de dinosaure, de nuage, tout ce qu'ils avaient décidé de déposer en offrande au creux de la tombe. Derrière, des adultes serraient la main d'autres enfants, les tenant plus fort que d'habitude, comme s'ils allaient les perdre bientôt. Chancelante, Rosa n'osait pas se mêler au cortège. Restait de côté, à l'abri. D'instinct, elle se tassa quand arriva le petit cercueil que des hommes portaient, l'air hébété, comme s'ils se demandaient comment il était possible de porter une chose pareille, ce minuscule réceptacle en chêne blanc contenant un aussi petit mort. Puis Rosa les aperçut, les parents, Anna et Roman Sopak qui suivaient, agrippés l'un à l'autre, agonisants. Anna et son ventre de femme enceinte de cinq mois, vêtue de blanc, marchant comme une mariée sacrifiée aurait marché le long d'une fosse aux lions sans oser regarder en bas de peur d'être prise d'un étourdissement obsédant, de peur de vouloir sauter, de vouloir mourir. Ils passèrent à quelques mètres de Rosa, Anna et Roman. Et elle eut besoin de s'adosser à un mur, Rosa, pour ne pas perdre l'équilibre. Ne pas tomber. Puisqu'elle avait voulu être présente. Alors la mère d'Anna Sopak, vieille dame aux yeux minés, apparut au milieu de la foule, et se mit à lorgner Rosa comme si elle avait projeté de lâcher sur elle une armée de liquidateurs rouges. Et Rosa sut qu'elle n'aurait pas dû venir. Que cet enterrement lui était interdit. Mais déjà la vieille dame ne la regardait plus. D'autres femmes, d'autres hommes circulaient et ne la regardaient plus. Rosa se retint au mur. Fermant les yeux. Attendant, éreintée, que le cortège s'éloigne.

Rebroussant chemin, elle alla s'enfermer dans le hall décrépi de l'hôtel Gloria comme dans une grotte. À peine douze jours étaient passés depuis le crime, ce crime que personne n'avait vu. Pourtant Rosa avait l'impression que le temps s'était étiré tel un long ruban noir, qu'il s'était passé en réalité des mois. Des siècles. Elle ne parvenait plus à rentrer chez elle. Elle craignait trop d'y trouver, aux alentours, rôdant, des flics et des curieux, des vicieux, hommes et femmes scrutant, des malsains, fouinant, des journalistes, des désespérés. Puisque désormais tout le monde était au courant. Tout le monde le savait que Lino avait été placé en détention provisoire, tout le monde le savait, qu'on le soupçonnait. Tout le monde le disait. Même les investisseurs de l'hôtel, même Kinski, l'avocate et les flics, personne n'avait rien vu mais tous pouvaient le dire.

Dos contre la porte, elle alluma le dernier joint que Hassan lui avait préparé, cherchant à s'étourdir. Dans le grand hall désert, autour d'elle, partout les murs s'effritaient, leur ombre suintant sur le sol, pareille à une cire grise. Soudain, des éclats de peinture se détachèrent du plafond et valsèrent lentement vers son visage. Prise de vertige, entre deux bouffées, Rosa pencha sa tête pour accueillir l'une des écailles, ouvrant ses lèvres par réflexe pour la gober, l'avaler, comme une hostie dégénérée.

Enfin la nuit s'installa et Rosa sortit de sa torpeur. La seule chose qu'elle avait pu faire, jusqu'à présent, c'était écouter l'avocate débiter son flux de paroles étouffantes. Que pouvait-elle faire d'autre ? Que devait-elle faire ? Elle prit son inspiration et téléphona à maître Brun. L'avocate lui répondit de sa voix sèche.

— Je n'ai pas beaucoup de temps, madame Messina.

— Dites-moi si vous avez avancé.

— Je demande une nouvelle audition des témoins. Mais ils sont repartis en Angleterre. Ça va prendre du temps.

— Le garçon, lui, il a hésité avant d'identifier Lino.

— Je m'appuie là-dessus.

— Il n'était pas sûr.

— Il a eu un doute.

— Et l'autre appel à témoins, ça ne donne rien ?

— Rien pour le moment.

— Comment c'est possible ? Tout le monde passe son temps à prendre des photos et à filmer n'importe quoi. Il y a des caméras partout dans la ville. Il faut être un putain de fantôme pour passer inaperçu à ce point.

— Je vous l'ai dit, il faut patienter, madame Messina.

Rosa dut museler ses larmes pour réussir à poursuivre.

— Il faut que je le voie. Il faut que je parle à mon fils. Ça fait trop longtemps. Vous pouvez m'obtenir un permis de visite ?

— Donnez-moi une semaine.

10

Quinze jours plus tard. Des bruits de pas sur un sol de béton. Bruits de cartes magnétiques et de grilles, serrures que l'on ouvrait, que l'on refermait. C'était la première fois que Rosa pénétrait dans une maison d'arrêt. Elle en ignorait tous les codes. Sans maquillage ni lunettes, elle suivait un gardien dégarni dans des couloirs sans fenêtre, jusqu'au parloir individuel que l'on avait bien voulu lui attribuer et dans lequel elle fut invitée à patienter, seule, porte close. Cette configuration la rassura. Elle avait eu peur de devoir rencontrer son fils dans une salle collective, d'avoir à le partager. Elle s'assit sur l'une des quatre chaises, et passa sa main sur son front pour en essuyer la sueur. Autour d'elle, les murs venaient d'être repeints et resplendissaient sous les néons, propres, écrus. Elle se sentit protégée par cette propreté à laquelle elle ne s'attendait pas. Elle s'était imaginé des déjections partout collées au sol, aux murs. Au contraire tout était propre, écru. Moins de dix minutes étaient passées lorsqu'elle entendit des pas dans le couloir qui se rapprochaient. La porte s'ouvrit. Son fils apparut.

Immédiatement, Rosa se leva pour l'accueillir pendant que le gardien refermait derrière lui. Et elle put enfin serrer Lino dans ses bras longuement, l'embrassant plus intensément quand il répondit à son étreinte, certaine qu'il en avait besoin autant qu'elle. Puis toute sa peur remonta en elle à le voir, à voir son fils au sein de cette pièce exiguë, son fils pâle, amaigri, éteint. Avec son jogging gris, avec ses chaussures sans lacets. Elle s'était promis de ne pas pleurer, mais c'était plus fort qu'elle. Elle avait cependant conscience d'être minutée, elle s'efforça de sécher ses larmes pour lui parler.

— Ça va, chéri ? Tu arrives à manger ? Vous êtes à combien dans ta cellule ?

Lino répondit d'une voix méconnaissable, voilée par l'épuisement.

— On est quatre.

— Et pourquoi ils sont là les autres ?

— Je ne sais pas.

— Ils savent pourquoi tu es là, toi ?

— On peut s'asseoir, maman ? Je suis crevé.

Rosa serra la main de son fils qu'elle sentait tremblante sous sa paume, qu'elle sentait malade. Ils s'assirent l'un en face de l'autre autour de la table. Lino l'interrogea à son tour.

— Elle t'a dit quand j'allais sortir l'avocate ?

— Elle dit que tu t'es embrouillé pendant la garde à vue. Tu as dit des choses contradictoires. C'est vrai ?

— C'est à cause des flics. Ils te posent dix fois la même question et… Putain. Tu crois que l'avocate pourra me faire sortir vite ?

— On fait tout ce qu'on peut, chéri, je te le promets. Mais elle dit que tu n'as pas réussi à expliquer ce que tu avais fait en sortant du Tangerina. Nous deux, on s'est retrouvés à la maison. Mais qu'est-ce que tu as fait avant… Avant de rentrer. Tu avais bu mais tu dois te souvenir. Tu étais avec Marina ?

— Oui.

— Alors pourquoi Marina leur a dit que tu étais parti avant elle ? Vous vous êtes engueulés ?

— Non, elle a raison.

— Je ne comprends pas, Lino.

— On a bu ensemble, et après je suis parti tout seul.

— Tu es rentré à la maison ?

Lino cacha son visage dans ses mains.

— J'ai mal à la tête.

— Chéri, qu'est-ce que tu as fait avant de rentrer à la maison ? Tu peux me le dire à moi ? Qu'est-ce que tu as fait ?

Pour l'encourager, Rosa posa sa main sur le bras de Lino dont les yeux glissèrent vers le sol. Il réfléchit avant de se remettre à parler, bas, comme s'il avait honte.

— J'ai acheté de la coke.

— Pardon ?

— J'étais excité par le fric de Kinski. J'avais bu. Je suis allé au parc.

Ainsi Lino avait parlé et Rosa eut un mouvement de

recul. Elle savait que son fils buvait, souvent et trop. Elle savait qu'il fumait des joints, souvent et trop. Qu'il ait pu tenter la cocaïne, elle l'avait déjà envisagé. Elle ignorait qu'il était capable d'aller en acheter, seul.

— Tu prends de la cocaïne, Lino ?

— Des fois.

— Tu en prends souvent ?

— Des fois, je te dis.

— Tu sais que ça peut te détruire ?

— Maman arrête, putain…

— Il faut le dire aux flics, Lino.

— Je ne peux pas balancer mon dealer.

— Il t'a menacé ?

— …

— Lino, regarde-moi. Tu comprends que c'est important ? Tu comprends qu'ils te soupçonnent ?

— J'ai rien fait, maman, je te le jure.

— Je sais que tu n'as rien fait. Tu n'as pas besoin de jurer.

À bout, Lino se mit alors à pleurer. Et c'était comme si toutes ses défenses venaient de rompre à l'intérieur de lui, délivrant sa détresse. Rosa tenta de le consoler d'une voix plus douce.

— Je sais que tu n'as rien fait, chéri. Je sais bien.

— Je n'arrête pas de penser à Martin, maman. C'était qu'un gosse, putain.

— Moi aussi je l'aimais beaucoup.

— Je lui donnais des cours de plongée, c'est tout.

— Je sais. Chuuut…

— Tu as vu Anna ?

— Elle ne veut voir personne.

— Et l'enterrement ?

— Il a eu lieu.

Lino secoua la tête, déséquilibré par la douleur.

— Je ne supporte pas, maman. Je ne supporte pas d'être là.

— On va te faire sortir, chéri. Je te le promets. On va te faire sortir.

Et tout en berçant son fils en pleurs dans ses bras, Rosa susurrait ses promesses par milliers.

11

De l'eau glacée, que Rosa déversait sur ses jambes. Elle s'était levée à l'aube et, pour atténuer sa douleur, elle laissait couler le jet sur chaque mollet, assise sur le bord de la baignoire ébréchée de sa salle de bains caverneuse. Désormais ses jambes ne cessaient plus de brûler, malgré l'eau, malgré le froid de l'eau. Sur son mollet gauche, la tache avait grandi, constellation veineuse de sept centimètres de diamètre. Et rien ne parvenait à la soulager, ni l'eau froide, ni le gel médical, ni la couche de fond de teint recouvrant chaque veine en couche épaisse. Rosa aurait dû consulter un médecin. Elle aurait dû se faire soigner. Aurait dû, au plus vite, prendre le temps de s'occuper d'elle. Ce temps, le kidnapper. Mais elle n'y parviendrait pas tant que son fils serait emprisonné. Tant que Lino, loin d'elle, aurait besoin d'elle. Elle n'avait pas de temps à perdre. Habillée en hâte, elle récupéra le petit cahier d'écolier qu'elle avait préparé et sortit de chez elle.

À l'extérieur, le soleil l'aveugla. Un instant, elle eut

l'impression que tous les bâtiments de son quartier avaient changé de couleur pendant la nuit tant le décor paraissait défiguré, des murs entiers repeints par des pinceaux pourris. Sur le store jaune, même le nom de son restaurant clos suintait d'aspérités : Petit Soleil lointain, Petit Soleil flétri. Rosa rassembla son courage, enfila ses lunettes noires et cala le cahier sous son bras. Elle passa, tête haute, devant les commerçants voisins dont les devantures semblaient se tapir derrière les trottoirs. Au bout de quelques mètres, elle s'arrêta devant un pressing qu'elle connaissait mieux que les autres. Elle y pénétra.

Une cliente était là, devant le comptoir, vieille femme aux paupières tombantes, vêtue d'une robe rose et fleurie. Rosa ne la connaissait pas. Elle la salua avant d'apercevoir Nicole, la patronne, dans le fond, cheveux blondis à l'oxygénée, bronzage brûlé à force de rester des heures sur les plages. Rosa l'aborda amicalement.

— Ça va, Nicole ?

— Tu me donnes deux minutes, Rosa ?

— Sûr.

Rosa observa la boutique comme si c'était la première fois qu'elle y venait. L'alignement des machines à laver. Les tambours qui tournaient. Les vêtements sous plastique pendus et serrés les uns contre les autres comme des dépouilles. Nicole qui engouffrait une paire de draps gris dans un panier débordant de linge sale.

La vieille cliente, elle, ne disait rien. Elle se contenta

de lancer un sourire plein de fausses dents quand elle récupéra son ticket, puis quitta la boutique. Nicole attendit que la porte soit refermée.

— Ça va, Rosa ? Je t'ai appelée, tu as eu mon message ?

— Je l'ai eu, Nicole, merci. Tu sais que Lino est en détention provisoire ?

— Ils en parlent dans le journal. Il tient le coup ?

— Je l'aide.

— J'imagine.

— Mais je ne peux pas rester comme ça à attendre sans rien faire. Ça me rend dingue.

— Tu vas rouvrir le restaurant ?

— Non, on a donné congé au personnel. Tu sais qu'on a l'hôtel qui se prépare. Les travaux doivent commencer bientôt.

— Vous allez faire les travaux quand même ?

— Bien sûr, pourquoi ?

— C'est courageux.

— J'ai décidé de faire une pétition.

Pour preuve, Rosa exhiba le petit cahier qu'elle avait apporté.

— C'est à Lino, il aime faire ses comptes sur des cahiers d'écolier. Il en achète toujours plein d'avance.

Nicole considéra le cahier, elle ne souriait pas. Elle déplaça un pot de fleurs comme si son emplacement était soudain devenu inadéquat. Rosa poursuivit.

— Je demande aux amis de signer, pour aider à faire sortir Lino.

— Tu penses que ça va l'aider ?

— J'espère. Tu peux signer là, sous les signatures de Marc, Moktar, Ari et Hassan. Ils n'ont pas encore signé mais ils vont le faire, quand je les verrai tantôt, ils ont tous dit oui tout de suite. Toi, tu peux signer là. Tu mets ton nom et ton adresse.

— Je suis embêtée.

— Tu veux un stylo ? Tiens. Il est à Lino aussi. Le stylo.

— Je suis embêtée de te signer ce papier, Rosa.

— Pourquoi ? Tu connais Lino, non ?

— Oui.

— Tu sais qu'il n'a rien fait.

— Je sais.

— Moi si c'était ton fils, en prison, je signerais tout de suite.

— Il n'est pas en prison mon Lucas.

— Je sais, mais s'il était en prison alors qu'il n'a rien fait ? Des erreurs judiciaires, ça peut arriver à n'importe qui.

— C'est sûr. La police peut se tromper, tout le monde sait ça.

— Tu veux bien signer ?

— La police va se rendre compte de son erreur, on n'a pas besoin de faire une pétition.

— Nicole. Me fais pas ça.

— Je suis désolée, Rosa. On est tous chamboulés dans le quartier. On aime bien Anna, on ne veut pas lui faire du tort. Elle a déjà assez à encaisser avec la mort du petit.

— Moi non plus je ne veux pas faire de tort à Anna,

qu'est-ce que tu racontes ? C'est pas contre elle que je veux aider mon fils.

Secouant la tête, Nicole avait l'air sincèrement désolée, et Rosa eut presque pitié de ses cernes et de ses rides, témoins de la dépression qui l'accablait depuis des mois. Elle n'insista pas, s'efforçant de ne pas lui en vouloir. Même si elle ne pouvait s'en empêcher. À cet instant, l'attitude de son amie paraissait aussi étrange, aussi repoussante que la transmutation des rues.

Rosa entra dans un autre magasin, une friperie située à quelques pas du pressing. Zahia, la patronne, grande femme à la peau métissée, y était en pleine conversation téléphonique. Dès qu'elle aperçut Rosa, elle abrégea puis raccrocha comme si elle venait d'être prise en faute.

— Ça va, Rosa ?

— C'était Nicole au téléphone ?

— Elle doit venir dîner à la maison.

— Tu veux bien la signer, toi, la pétition ?

— Rosa. Je préférerais attendre. Ça fait à peine quinze jours. Il faut laisser le temps aux flics de faire l'enquête. Regarde par exemple mon agresseur, ils ont mis trois mois avant de le prendre. Faut leur laisser le temps aux flics, c'est leur travail.

— Tu sais que Lino est en prison ?

— Je sais, mais il est fort, Lino. Ça va aller.

— Tu sais qu'il est innocent ?

— Ce n'est pas contre lui, Rosa. C'est par rapport à Anna. On veut laisser faire la police, c'est mieux. Toi aussi, si t'étais à la place d'Anna…

— Je ne voudrais pas qu'un innocent soit accusé, ça non.

— Réfléchis, Rosa. Le coupable sera plus facile à attraper s'il croit qu'on ne le cherche pas parce qu'il y a quelqu'un d'autre en prison. Les flics savent très bien ce qu'ils font.

Au fond du magasin, les rideaux bariolés de la cabine d'essayage se froissèrent alors légèrement, comme sous l'effet d'une brise, et Rosa crut rêver en apercevant soudain Marina qui écartait les voilages. Marina était la meilleure amie de Lino, celle avec qui il avait bu du champagne, au Tangerina, la veille de son arrestation. Pendant la discussion avec Zahia, la jeune femme était restée dans la cabine à essayer une robe blanche de seconde main, manifestement trop petite pour elle. Devant sa mine décomposée, Rosa parla avec douceur.

— Marina ? Qu'est-ce qui se passe, tu ne te sens pas bien ?

— Je suis désolée, je voulais vous rappeler, Rosa, mais j'avais pas votre numéro et puis je suis partie. Je suis allée chez mon père… Vous savez que j'ai dit à la police tout ce que je sais. J'ai tout tourné dans tous les sens, et je pense que Lino y est pour rien. Il peut être bagarreur des fois quand il a bu mais au fond c'est une crème, Lino, c'est pas possible qu'il ait fait ça.

Les yeux de Marina s'embrumèrent et Rosa fut bouleversée de trouver en cette jeune fille une alliée, de l'entendre énoncer autant de gentillesses à propos de son fils, d'avoir le sentiment de parler, enfin, avec quelqu'un qui connaissait le même Lino qu'elle, ce beau garçon torturé mais affectueux et travailleur et talentueux. Pas un monstre.

— Tu sais que Lino t'aime beaucoup.

— Je vais la signer, moi, la pétition. Je trouve ça dégueulasse.

Marina s'empara du petit cahier et le signa en ignorant Zahia qui se mordait les lèvres comme si elle culpabilisait de ne pas avoir agi de même. D'ailleurs, sans s'excuser de ne pas l'avoir fait avant, sans se justifier, cette même Zahia attendit que Marina termine et elle signa le cahier, elle aussi, déclarant que c'était la meilleure chose à faire. Rosa eut envie de la bénir.

En sortant de la boutique, elle dressa le petit cahier de son fils devant ses yeux pour se protéger d'un soleil au zénith. Elle ne se découragerait pas. Ne se démoraliserait pas. Elle résisterait.

12

Quarante et un jours depuis le crime, le crime que personne n'avait vu. Rosa se tenait debout avec Marc dans le hall de l'hôtel Gloria quand les premiers ouvriers arrivèrent. Ensemble, ils les saluèrent, les remercièrent, et tous se mirent au travail sans attendre. Ils ne parlèrent pas de Lino. Les investisseurs arrivèrent à leur tour, Kinski à leur tête, vérifiant la mise en route des travaux, serrant les mains, signant les papiers, examinant les plans, discutant, planifiant. Ils ne parlèrent pas de Lino. Marc entraîna Rosa à l'écart.

— Si Lino ne sort pas cette semaine ils vont le virer de l'hôtel.

— Pourquoi tu dis ça ?

— C'est ce qui va arriver, Rosa.

— J'ai eu cent trente-deux signatures pour la pétition. On attend juste que l'avocate se bouge.

— C'est trop compliqué pour eux. Ils n'ont pas envie d'être mêlés à…

— S'ils virent Lino, on arrête tout.

— Je sais.

— Je ne vais pas faire cet hôtel sans Lino. Ça n'a pas de sens.

— Tu prêches un convaincu.

— Fais-les patienter, Marc, s'il te plaît. C'est mieux que ce soit toi qui leur demandes, moi je n'y arriverai pas, je vais…

Marc acquiesça, touché par sa détresse. Il caressa son bras avant de rejoindre la grappe de financiers réunis près du grand escalier.

Rosa profita d'être seule pour explorer le hall. Elle était impressionnée par la force physique des ouvriers qui s'étaient mis à gratter les couches de peinture et de plâtre sur les murs, abattant des cloisons épaisses à coups de massue. Nullement gênés par la présence de Rosa, ils grattaient et ils défonçaient. Au contact du plâtre, leurs mains blanchissaient comme si elles étaient revêtues de gants. Cette vision la bouleversa. Les mains des ouvriers venaient de la transporter ailleurs, face à Roman Sopak, face aux mains du père du petit enfant mort. Le souvenir lui était apparu avec tant de violence qu'elle eut du mal à écouter Marc quand il revint annoncer le résultat de ses négociations.

— Ils vont patienter.

— Combien de temps ?

— Pas trop longtemps, Rosa. Quelques jours.

Rosa posa sa main sur son front.

— J'ai mal à la tête.

— Tu veux t'asseoir ?

— J'ai trop chaud. Je vais y aller.

Elle refusa qu'il la raccompagne.

Quelques instants plus tard, la porte du commissariat que Rosa poussa avait l'air bardée d'épines. Mais cette fois elle était habituée aux lieux et elle ne s'émut pas face au flic interchangeable de l'accueil. Elle affirma qu'elle devait voir le capitaine Li en urgence, et elle insista tant qu'on passa plusieurs coups de fil, qu'on la laissa passer.

Au bout d'un couloir, la porte de son bureau n'était pas fermée et Li était là, concentré sur son ordinateur.

— Je peux vous parler ?

Il leva les yeux vers elle. Toujours impassible, figure au squelette délicat, sa sérénité collée à lui comme un badge de boy-scout. Il remercia d'un signe le flic qui avait suivi Rosa et consentit à la laisser s'asseoir, s'adressant à elle de sa voix veloutée.

— Vous voulez mon avis, madame Messina ? La pétition, ça n'aidera pas.

— Vous savez combien de personnes ont signé ?

— Cent trente-deux.

— Ce n'est qu'un début. Tout le monde prend la défense de Lino.

— Vous perdez votre temps.

Rosa encaissa. Elle poursuivit.

— J'ai pensé à autre chose.

— Dites.

— C'est en observant les ouvriers à l'hôtel, vous savez, l'hôtel qu'on va restaurer.

— L'hôtel Gloria. Vous allez en faire un petit trois-étoiles ?

— Trois-étoiles, oui.

— Vous avez pensé à quoi, madame Messina ?

— Le père de l'enfant, Roman Sopak, il est ouvrier dans le bâtiment. Et quand j'ai vu le plâtre sur les mains des ouvriers, j'ai pensé à lui, j'ai...

— Le plâtre ?

— Oui, le plâtre, mais ce n'est pas de ça que je veux parler. Un jour Anna est arrivée en pleurs au restaurant. Anna Sopak, la mère du petit. Elle m'a dit qu'elle s'était engueulée avec son mari. J'ai compris qu'il l'avait frappée.

— Vous avez compris ou bien elle vous l'a dit ?

— Je comprends ce genre de choses.

— Et ?

— Roman Sopak est violent.

— Ça s'est reproduit par la suite ?

— Je ne sais pas. Anna devait avoir trop honte pour se confier.

— Pourquoi vous ne m'en avez pas parlé avant ?

— Je n'y avais pas pensé.

— Et là, vous y avez pensé ?

— Roman Sopak, vous l'avez interrogé combien de fois ?

— Quand son fils est mort, il était sur un chantier en dehors de la ville. Son alibi est incontestable, tous ses collègues ont témoigné en sa faveur.

Li s'enfonça dans son siège. Autour de la tête de Rosa, la lumière artificielle qui tombait du faux plafond formait une auréole malade. Et le flic la fixait comme s'il était persuadé qu'une certaine dose de folie s'était désormais emparée d'elle à force de refuser la culpabilité de son fils. À force de tout refuser. Une dose de démence. Quand il se remit à parler, Li ne prit aucune précaution.

— Il vous déteste vraiment.

— Qui ? Roman ?

— Non. Votre ex-mari. Le père de votre fils.

Le corps de Rosa se raidit. Li poursuivit.

— Il a dit que ça ne l'étonnait pas ce qui arrive à votre fils. Il a dit que Lino avait toujours été un peu détraqué. Il aurait essayé de toucher une petite cousine plusieurs fois pendant son enfance…

Et tandis que Li terminait d'énumérer toutes ces diffamations, Rosa sentait une mélasse remonter dans sa gorge, un vomi qui la brûlait encore quand elle décida de quitter la pièce. Quand elle marcha jusque chez elle. Quand elle cria.

D'après le flic, le père de Lino avait dit que son fils méritait son sort. Cet homme haï, avec qui Rosa avait été mariée pendant huit ans. Avait dit que Lino méritait la prison. Avait dit que Lino était détraqué. Avait dit que Lino était coupable. Avait dit. Et Rosa fut bientôt certaine d'avoir intégré une autre dimension. Un autre monde. D'autres lois. Un espace-temps terrifiant, régi par une irrationalité sadique.

Si, après être resté invisible pendant quinze ans, le père de Lino avait été capable de revenir dans sa vie, il fallait s'attendre à ce que d'autres horreurs débarquent. D'autres boomerangs putrides. Il fallait qu'elle s'arme. Il fallait qu'elle se défende. Pour y parvenir, Rosa aurait voulu aller le voir sur-le-champ, le père de Lino. Lui dire sa haine. Lui cracher dessus. Elle sentait cette envie crisper ses lèvres, sa nuque. Elle l'aurait voulu mort. Non pas simplement mort. Souffrant dans la mort tandis qu'elle resterait sourde à ses supplications.

Elle savait qu'elle ne devait pas chercher à le revoir. Souvenir de son haleine. Souvenir de ses cris. L'idée de se retrouver devant cet individu la révulsait. Elle refusait de lui accorder la moindre importance alors qu'il n'était rien. Personne.

Elle ne l'appellerait pas. Elle ne le reverrait pas. Tout ce qu'il avait dit, elle le retournerait contre lui quand il serait temps. Quand tout serait fini. Pas maintenant. Pas tout de suite. Pour le moment, Rosa devait garder ses forces. Rosa devait rester droite. Debout.

13

Nouvelle visite au parloir. Lunettes noires. Robe noire. Rosa contemplait son fils amaigri qui lui parlait d'une voix tuberculeuse.

— Tu peux enlever tes lunettes ? Ça me rappelle quand tu t'engueulais avec l'autre, là… *mon père*… quand j'étais gosse. On était en appartement, il n'y avait pas de soleil, et je te voyais mettre tes lunettes noires pour cacher tes…

— Excuse-moi.

Rosa retira ses lunettes comme si d'un coup elles étaient devenues venimeuses et que, vipères, elles allaient s'engouffrer dans son décolleté pour la mordre. Elle ne parla pas à Lino des accusations de son père. Elle n'en avait pas parlé à Marc, à l'avocate non plus. N'en parlerait à personne. Ne voulait plus prononcer le nom de cet individu, jamais.

Lino était livide. Sa barbe avait poussé. Ses ongles avaient noirci. Il tremblait. Soixante jours avaient passé depuis ce crime, ce crime que personne n'avait vu. Les nerfs de la mère et du fils étaient à vif. Rosa le supplia.

— Lino, il faut que tu me le dises. Le nom de ton dealer.

— Je l'ai dit à l'avocate.

— Non, tu as dit plusieurs noms à l'avocate, et ils n'ont retrouvé personne. Tu as hésité entre Coro ou Cora, je ne sais même plus. Ils n'ont retrouvé personne.

— Il a dû se barrer.

— Si tu veux que je t'aide, à moi il faut que tu le dises, le nom, le vrai nom.

Lino cligna ses yeux humides et, pendant quelques secondes, Rosa eut l'impression de voir devant elle un inconnu. Son fils semblait être un autre, né d'une autre femme, à une autre époque, à un autre endroit. Sa voix même avait mué quand il changea de sujet.

— Et les financiers, le Russe, ils n'ont pas encore laissé tomber l'hôtel ?

— Avec Marc, on leur a dit de patienter. Le temps que tu sortes. Ils croient beaucoup au projet.

— Ils patientent…

— Les ouvriers font exactement ce que tu veux, chéri. L'architecte trouve tes plans très détaillés. Il a demandé si tu avais fait des études d'architecture.

— J'aurais bien voulu.

— C'est ce que je lui ai dit.

— Mon BTS hôtellerie, je n'ai pas pu faire plus.

— Il trouve tes plans très bien.

— Ça avance alors les travaux ?

— Bien sûr que ça avance.

— Ils ont mis l'aquarium ?

— Ils vont le mettre plus tard.

— Plus tard...

Lino secoua la tête, comme s'il n'y croyait plus.

— L'avocate dit qu'Anna va témoigner contre moi, maman.

— Tu peux comprendre qu'elle est bouleversée...

— Tu le savais ? Elle pense que c'est moi qui...

— Elle ne se rend pas compte, chéri.

— Je deviens dingue.

— J'ai eu cent trente-deux signatures pour la pétition. Cent trente-deux qui te soutiennent, c'est à ça que tu dois penser.

— J'ai essayé de l'appeler. Anna. Elle n'a pas répondu.

— Elle ne répond à personne.

— Je lui donnais juste des cours de plongée à ce gamin. Des fois on faisait des virées en ville, je lui achetais des jouets. On faisait des photos pour se marrer, c'est tout. C'est lui, il adorait ça. Tous les gosses font des trucs comme ça.

— Chéri, il faut que tu me dises le nom exact de ton dealer. Je suis certaine que les flics ne vont pas l'arrêter. Ils vont juste l'interroger, vérifier qu'il t'a vu.

— Depuis quand tu fais confiance aux flics, toi ?

— Je ne fais pas confiance aux flics, mais... Donne-moi son nom, Lino. Si tu ne veux pas le donner aux flics, tu me le donnes à moi. Tu me dis où je peux le trouver. J'irai le voir. Je lui parlerai.

— Tu iras le voir ?

— Quoi ? Tu crois que je n'ai jamais vu de dealer dans ma vie ?

— Putain... Ils vont finir par comprendre que j'ai rien fait, maman. Ils vont trouver le coupable, c'est obligé. J'ai juste été acheter de la coke et après... J'étais stone, et je suis rentré à la maison, c'est tout. Tu m'as vu...

— Je t'ai vu.

— J'ai rien fait d'autre.

— Donne-moi le nom de ton dealer, Lino. Je vais aller le voir. Je saurai le convaincre.

— Tu vas aller au parc ? Au terrain vague ?

— J'irai où tu me diras.

— Tu veux le convaincre de parler aux flics ?

— Donne-moi son nom.

Lino passa sa main sur son front, de plus en plus fébrile. Il s'empara des lunettes de Rosa et les fit tourner entre ses doigts tremblants. Il répéta son geste plusieurs fois, tête baissée. Puis il s'immobilisa et lâcha un nom à contrecœur, d'une voix d'outre-tombe.

— Rosco. R, O, S, C, O.

Rosa avait conscience qu'il était à bout de forces. Elle le remercia de lui avoir livré ce nom, ces lettres, jurant de garder l'information pour elle, le temps qu'il faudrait. Puis son corps se détendit, elle courba son dos et vint poser son front doucement, doucement, sur la main de son fils.

En sortant du centre de détention, Rosa retrouva Marc qui l'attendait au volant de son 4 × 4. Il avait tenu à l'accompagner, prenant des nouvelles de Lino comme s'il était son fils. Rosa évita d'évoquer le dealer, tenant sa parole.

— Ils ont arrêté une femme, à l'entrée. Une visiteuse.

— Une visiteuse ?

— Elle avait apporté une arme. Pour son mari.

— Et ils l'ont prise.

— Tu sais où elle l'avait cachée, son arme ?

— J'ai une petite idée.

— Dans son vagin. Elle avait enfoncé le revolver dans son vagin pour la donner à son mari. En prison.

Marc considéra Rosa d'un œil inquiet. Elle décida de ne pas détailler l'anecdote. Il n'aurait pas fallu que Marc s'imagine lui aussi que la démence s'était emparée d'elle, que la rage à défendre son fils avait commencé à vicier tous ses mots, tous ses actes. En silence, elle cala ses yeux sur le ciel bleu. Les palmiers plantés le long de la route se succédaient derrière la vitre du véhicule rapide. Rosa se remit à parler, bas, pour elle-même.

— Rosco… Je vais le trouver.

— Qu'est-ce que tu dis, Rosa ?

— Quoi ?

— Tu marmonnes, je n'ai rien compris.

— Je disais juste que… je ne vais pas lâcher. Je ne lâcherai jamais mon fils.

Désormais, les ombres des palmiers recouvraient leurs visages. Ils ne dirent rien de plus.

14

Rosa attendit la nuit. Elle revêtit un vieux jean devenu trop large depuis qu'elle avait maigri. Depuis le crime, le crime que personne n'avait vu. Enfila ses baskets, son pull noir. Elle sortit dans l'obscurité de Nice, s'éloignant de son quartier à pas rapides, s'enfonçant dans les rues comme dans un lac épais, marchant, longtemps, afin de rejoindre sa destination à l'est de la ville, un parc plongé dans une pénombre d'égouts, interdit aux visiteurs nocturnes. Dans sa poche droite, sa main serrait le canif qu'elle avait décidé d'emporter au dernier moment pour se donner du courage. Il lui en fallait pour longer la bordure de cet espace lugubre devant lequel elle arriva, pour enjamber la haute grille verrouillée, pour entrer. Du courage, de la détermination. Rosa connaissait la réputation du parc. Elle savait ce qu'elle risquait d'y croiser. Dès qu'elle y pénétra, elle se tint aux aguets, scrutant chacune des allées comme s'il s'agissait de l'antre d'un bourreau.

Peu à peu, les sons de la ville s'estompèrent, d'autres

bruissements s'élevèrent, bourdonnèrent. Contenant sa peur, elle tenta d'apprivoiser la pénombre en plissant les yeux, les arbres gris, les sols gris, les grillages. Sur sa gauche, elle aperçut alors quelque chose, ou quelqu'un, deux silhouettes. Celles de deux jeunes femmes assises à même le sol, derrière un banc, qui discutaient à voix basse. Rosa s'approcha d'elles avec prudence, au rythme de leurs chuchotements. Elles avaient dix-sept ans à peine. À la vue de Rosa, elles se turent et se tendirent. Elles se ressemblaient, toutes les deux rousses, toutes les deux maigres, en jean, pieds nus. Elles semblaient être des sœurs. Rosa craignait de les effrayer. Elle leur parla avec douceur.

— Je cherche Rosco, vous le connaissez ?

— T'es flic ?

— Non, je ne suis pas flic.

— On se casse.

L'une avait donné un ordre à l'autre, et d'un seul mouvement elles se levèrent et déguerpirent. Sans bouger, Rosa les regarda s'effacer dans la nuit du parc. Deux chevelures rousses qui s'emmêlaient en volant, se fondant dans les feuilles des buissons comme des renards. À travers les arbres, par-dessus la clôture, en direction de la route. Tout s'était passé si vite que Rosa n'avait pas cherché à les suivre, ni à les rappeler. Elle resta concentrée, regagnant l'allée principale.

Elle n'entendait désormais plus que les feuilles se plisser dans la chaleur, ressacs réguliers, incessants. Elle serra plus fort son canif dans sa poche. Elle recommença à avancer. Elle ne croisa plus personne.

À la même heure, le lendemain, Rosa retourna au parc. Elle y retourna toutes les nuits à la recherche de Rosco. Rien n'aurait pu la faire abandonner même si, à chaque visite, elle se heurtait à une étendue dépeuplée, les deux filles croisées la première fois ayant dû alerter tout le monde, comme si Rosa avait été une prédatrice féroce. Chaque nuit, Rosa passait la clôture du parc et elle en sondait les ombres, son canif dans sa poche. Ne voyait personne. Ne voyait rien.

Une autre nuit, dans le parc, Rosa fouilla derrière les bancs, derrière les arbres, à gauche. Elle aperçut deux jeunes hommes qui se faisaient face, debout, le plus petit adossé à un tronc, une bouteille de vin à la main qu'il buvait au goulot, et le plus grand, très grand, en face de lui, en train de fumer un joint. Ils ne parlaient pas et se contentaient d'échanger leurs trésors. Le petit passait la bouteille au grand, le grand rendait le joint au petit, et c'était comme une danse pendant que Rosa marchait vers eux. Ils portaient des tee-shirts à l'effigie de superhéros que Rosa reconnut facilement car Lino lui aussi les avait adorés quand il était enfant, les superhéros. Ces deux garçons, là, qui buvaient et qui fumaient, n'étaient pas plus âgés que son fils. Ils venaient de l'apercevoir. Ils la détaillèrent en silence. À eux aussi, elle parla avec douceur.

— Je cherche Rosco, vous savez qui c'est ?

— Qui ça ?

Seul le plus petit avait répondu à Rosa qui répéta.

— Rosco. Je sais qu'il a l'habitude de venir ici.
— Ah, Rosco.
— Vous le connaissez ?
— Peut-être.
— Je ne suis pas flic.
— Tu n'es pas flic ? T'es qui ?
— Personne.
— Personne. Et tu cherches quoi ? On peut t'aider, nous, si tu cherches un truc.
— Je cherche Rosco, c'est tout.
— Et t'es pas flic ?
— Non.

Le petit jeta un œil à son ami. Il lui passa la bouteille de vin et prit le joint en retour.

— Rosco ? Cheveux décolorés ? Super maigre ?
— Je pense que c'est lui.
— Quoi, tu l'as jamais vu ? C'est quoi ton délire ?
— J'ai besoin de savoir où le trouver.
— OK, moi je peux te dire où c'est qu'il est. Mais… c'est compliqué.
— Je peux payer.

Le petit hocha la tête en faisant claquer sa langue. Il échangea encore avec son ami, le vin, le joint, d'un regard ils semblèrent se mettre d'accord.

— Tu donnes cinq cents et on te dit où c'est qu'il est.
— Cinq cents euros ?
— Euros, oui, on prend pas les yens.

Rosa regarda autour d'elle. Il aurait fallu qu'elle rentre, qu'elle s'allonge. Trop de soirs à errer dans le parc, à marcher, escalader, trop de soirs avec ses jambes qui brûlaient.

— Je n'ai pas d'argent sur moi.

— Viens demain à midi, devant la cascade du Château.

— Devant la cascade ?

— Tu sais c'est où, non ? T'es de Nice ou quoi ?

— Oui.

— Alors à midi.

— Vous serez avec Rosco ?

— Si t'as cinq cents, c'est bon. Allez ciao.

Sans attendre, le petit avala une dernière bouffée et s'éloigna en direction de la route, en compagnie du grand. Ils avaient disparu si soudainement que Rosa eut l'impression qu'ils s'étaient téléportés, ou qu'ils n'avaient jamais existé, pendant que, autour d'elle, la nuit du parc s'était obscurcie. Alors pour se persuader qu'elle n'avait pas rêvé, qu'elle tenait sa première piste sérieuse, Rosa reformula ce que le petit avait dit. Le rendez-vous, à midi, à la cascade du Château.

À la première heure, le lendemain matin, Rosa alla retirer cinq cents euros sur son compte épargne à la banque, ponctionnant le peu d'économies qui lui restaient. Elle rangea les billets dans une enveloppe, elle enfouit l'enveloppe dans son sac. Et ce fut sous un soleil accablant qu'elle commença à grimper les marches de la colline jusqu'à la cascade. Il n'y avait plus de château depuis longtemps à cet endroit, à Nice. Mais c'était son nom, la colline du Château. Sur ces hauteurs, la vue était panoramique et les touristes y venaient en masse pour admirer la baie. Malgré la chaleur, devant la cascade, autour de Rosa, les familles, les amis et les groupes circulaient, se rafraîchissaient, se photographiaient. Une fillette plongea sa main dans l'eau, puis la posa sur sa joue en fermant les yeux. Rosa, elle, tenait son sac contre son ventre. Elle sentait son canif dans sa poche. Elle attendait.

L'heure du rendez-vous était passée de plus d'une heure quand l'un des deux garçons apparut. C'était le grand qui était venu, seul, le silencieux. Il garda ses distances et fit signe à Rosa de le suivre. Avec ses baskets gonflées comme des boyaux, le garçon semblait voler par-dessus les marches qu'il connaissait par cœur. Derrière lui, Rosa faisait des efforts immenses pour accompagner sa cadence.

Sur cette colline du Château sans château, les escaliers se succédaient, encadrés d'arbres denses. Pas une fois le grand garçon ne se retourna pour vérifier que Rosa le suivait toujours. Et elle ne prit pas le temps de se retourner, elle non plus, de peur de le perdre de vue. Obligée d'accélérer, de trébucher, de se reprendre. Elle ne pouvait pas s'empêcher de penser que son jeune guide aurait pu être son fils. Elle craignait qu'il ne disparaisse.

Soudain le garçon partit en biais et s'arrêta sous un pin parasol, à l'écart des marches. C'était ici qu'il avait décidé d'attendre son ami, sans jeter de coup d'œil derrière lui. Tranquillement, il déposa sa longue main sur le tronc de l'arbre pour y prendre appui, et, au contact de sa paume, quelques aiguilles se détachèrent, tombant à ses pieds en silence. Rosa, qui l'avait rejoint, n'osait rien dire. Elle se mit en retrait, comme si la posture du garçon imposait une distance de sécurité entre eux. En attendant qu'il lui refasse un signe, elle observa l'horizon. De cette hauteur, la baie surpeuplée de Nice lui parut encore plus vaste, plus éblouissante, rendue précieuse par la lenteur de la mer et ses éclats saphir, par ses larges plages de galets face aux doubles voies saturées de véhicules, le long des alignements d'immeubles Art déco, de villas, de casinos, de palaces, de balcons aux stores vifs écrasés de rayons. Un avion gronda dans le ciel que Rosa n'eut pas le temps de voir car l'autre garçon venait d'arriver, le petit. Il interpella Rosa comme s'il la connaissait depuis toujours.

— T'as le fric ?

Alors le grand se retourna, posant sur Rosa deux yeux noirs pareils à deux petits becs. Depuis l'arrivée de son acolyte, en comparaison, il semblait plus grand encore. Le petit, comme un frère, portait lui aussi un débardeur, et ses cheveux étaient également ébouriffés. En bandoulière, une sacoche grise marquée du logo d'une marque inconnue. Rosa tenta en vain d'en décrypter le nom pendant qu'il vérifiait que tout était désert autour d'eux. Elle demanda :

— Et Rosco ?

— Quoi, Rosco ? Tu crois qu'il va venir là, comme ça, en plein jour ?

— On avait dit…

— On avait dit quoi ? Tu me files le fric, je te dis où est Rosco, c'est tout.

— Il ne va pas venir ici ?

Le grand fit claquer sa langue. C'était le premier son que Rosa entendait s'extraire de cette bouche qui, elle s'en rendit compte, était minuscule, presque celle d'un nourrisson.

— Si je vous donne l'argent, vous me dites où il est ?

Rosa recula d'un pas. Elle détailla tour à tour le petit, et le grand. Au-dessus d'eux, les ramures des pins parasol ne parvenaient pas à obstruer le soleil, tandis que de nouvelles aiguilles s'étaient mises à pleuvoir. Il n'y avait personne d'autre qu'eux en vue, dans ce renfoncement, le petit en profita.

— Donne le fric. On te dit où c'est qu'il est.

Rosa recula encore, piétinant les aiguilles mortes dont elle percevait les faibles crépitements sous ses pas.

— Dites-moi où est Rosco d'abord.

Elle avait donné cet ordre sans lâcher son sac serré contre son ventre, pressant son canif à l'intérieur de sa poche. Alors le petit n'eut pas besoin de consulter le grand. D'un mouvement vif il arracha le sac des mains de Rosa et il détala, le grand fusant derrière lui. Plus rapides que des buses, les voleurs se faufilèrent entre les arbres, deux experts camouflés soudain par une végétation complice. Et Rosa ne les discernait déjà plus lorsqu'elle se mit à courir derrière eux comme si elle avait eu les capacités de les rejoindre, de les retenir. En chemin, elle croisa un jeune couple qui la considéra sans s'arrêter, préférant continuer de se tenir l'un à l'autre par la taille, amoureux. Rosa descendit encore. Du regard elle fouilla de nouveau la colline, s'insurgeant contre ses jambes malades. Elle ne voyait rien. Elle n'en pouvait plus. Le souffle lui manquait comme si elle était sous l'eau, elle fut forcée de s'asseoir sur un petit banc de pierre. Une minute encore, elle tenta d'apercevoir le grand et le petit. Mais il n'y avait plus rien à espérer. Et elle l'avait toujours su. Et elle aurait dû tout prévoir. Rosa palpa la poche de son jean. Son canif, organe inutile. Et son souffle ne revint pas. Elle inspirait, elle expirait trop vite. Inspirait, expirait. Elle se maudissait.

15

Un bol d'eau rempli de glaçons. Marc y plongea un gant de toilette blanc, l'imbibant et le rafraîchissant avant de l'étaler, glacé, sur la jambe gauche de Rosa qui serrait les dents. Allongée sur son lit, en culotte, elle laissait Marc la soigner comme une chienne blessée.

— Tu as mal ?

— Non. C'est bien.

Elle ne voulait pas qu'il ait pitié. Il plongea à nouveau le gant dans les glaçons avant de le déposer plus bas sur le mollet. La douleur devint alors insupportable et Rosa leva sa jambe pour tout interrompre, pour vérifier : la tache, là, sous le genou gauche. Plus grande et plus rouge. Marc l'aperçut à son tour.

— Tu devrais voir un médecin.

— Ça va passer.

— Ça fait longtemps que t'as mal ?

— J'ai l'habitude, c'est rien du tout.

Il n'insista pas. Il reposa le gant dans le bol et s'essuya les mains pendant que Rosa se calfeutrait sous les draps. Depuis qu'il l'avait retrouvée dans cet état, il avait du mal à cacher sa contrariété. Elle l'avait appelé à son chevet pour qu'il la réconforte. Mais elle lui avait raconté sa quête ratée, et il n'avait pas compris sa démarche.

— Qu'est-ce qui t'a pris de faire ça toute seule ?

— Je n'ai pas réfléchi.

— Tu n'as pas réfléchi ?

— Il fallait que je fasse quelque chose.

— La meilleure chose à faire, tu sais ce que c'est ? Laisse l'avocate travailler.

— Je la laisse, mais qu'est-ce qui se passe ? Rien. Il ne se passe rien.

— Alors que deux gamins qui te piquent ton sac, c'est un événement capital ?

— Je crois qu'ils le connaissaient vraiment.

— Qui ça ?

— Les deux gamins. Ils avaient l'air de vraiment connaître le dealer de Lino.

— Ils en ont peut-être entendu parler.

— C'était plus que ça.

— De toute façon tu ne vas pas retourner leur demander.

— ...

— Rosa ? Tu ne retournes pas les voir. Ni au parc ni ailleurs.

— Mais bien sûr que non.

Rosa avait dit cela d'un ton cassant, blessant Marc qui esquissa un mouvement de recul. Elle s'en aperçut et fit son possible pour se radoucir.

— Excuse-moi, Marc, mais j'ai l'impression d'être nulle, de rien pouvoir faire. C'est insupportable.

— Je sais.

— C'est comme s'il y avait un film qui se déroulait sans moi, en parallèle, sans que j'y aie accès. Un film complètement irréel.

— Tu sais qu'il a de la chance ton fils ? J'aurais bien aimé que ma mère en fasse autant pour moi.

— Elle ne va pas mieux ?

— Je ne sais pas. Quoi que je fasse, c'est jamais assez bien pour cette putain de Reine.

— Ne parle pas comme ça.

— Quoi, je n'ai plus le droit de traiter ma mère de putain ?

— Arrête, Marc.

— J'arrête.

— Viens t'allonger avec moi. Contre moi. J'en ai besoin.

Se blottissant contre elle, Marc parla plus tendrement.

— Rosa ? Promets-moi de laisser l'avocate s'en occuper.

— Je te le promets.

— Encore.

— Promis.

— Tu as vraiment cru qu'ils allaient te donner des infos ?

— Je ne sais pas… Non.

— Tu es folle d'être allée dans ce parc.

— Tu me trouves folle ?

— Tu es ma petite folle que j'aime comme un petit fou.

— Tu es gentil.

— Tu vas voir comme je suis gentil. Je suis très gentil.

Et il l'enlaça. Et elle se laissa faire. Se laissa faire quand gentiment Marc embrassa ses seins, ses cheveux, sa nuque. Gentiment, elle se livra, prenant le sexe de Marc entre ses mains, le caressant et le branlant sans réussir à penser à autre chose qu'aux deux garçons, au petit et au grand, pendant que le désir de Marc augmentait et qu'il la tétait plus intensément. Sans parvenir à détacher ses pensées de leur course, au petit et au grand, sous les pins parasol, parmi les aiguilles tombantes, branlant le sexe de Marc, le branlant de plus en plus fort. Et quand enfin Marc jouit dans sa paume, l'enlaçant, la tétant, pas un instant Rosa n'avait cessé de penser à cela. À Rosco.

16

Nuit suivante. Baskets, jean, pull, Rosa longeait un terrain vague sur les hauteurs de Nice, esplanade défoncée bordée de barres d'immeubles prêtes à être dynamitées. Dans sa main droite, au fond de sa poche, encore son canif. Dans sa main gauche, le téléphone portable que Marc avait prêté pour remplacer celui qu'on lui avait volé au Château. Cette nuit-là, elle ne portait pas de sac. Elle ne transportait ni portefeuille ni papiers. Elle marchait, à la recherche d'une autre piste. Au loin, le long d'un mur recouvert de tags fuligineux aux formes ésotériques, elle aperçut deux tentes kaki dressées l'une contre l'autre, deux vieux tipis précaires, grossièrement rafistolés, fangeux dans la chaleur et dans l'ombre.

Escaladant une barrière d'ordures, Rosa prit le temps d'étudier les lieux et les gens qui discutaient au pied des tentes. Quatre hommes, une femme. Difficile de dire depuis combien de temps ceux-là vivaient dans la rue. D'origine malienne, peut-être. Ils étaient assis en rond et fumaient en buvant des bières. Un faitout posé sur un réchaud dégageait une odeur de mauvais charbon brûlé, de plus en plus irritante au fur et à mesure que Rosa se rapprochait. En la voyant arriver, tout le groupe se tourna vers elle d'un même mouvement. À voix basse, ils commencèrent à se concerter, désignant l'un des hommes qui se leva et alla à sa rencontre. Grand, massif, une trentaine d'années, de peau noire et rêche, les cheveux coupés court tandis que, dans son dos, la capuche grise de son jogging pendait comme une crinière décharnée. Rosa ne ralentit pas. Elle ne voulait pas se laisser impressionner. Elle marcha vers l'homme et commença à parler avant même d'être à sa hauteur.

— Je cherche Rosco, vous savez qui c'est ?

— Tu cherches quoi ?

— Je cherche un homme qui s'appelle Rosco.

— Tu veux un homme ?

— Non, c'est Rosco que je cherche. On m'a dit qu'il venait là des fois.

Elle s'était arrêtée à quelques centimètres de lui qui s'était mis à l'étudier de la tête jusqu'aux pieds.

— Rosco, tu dis ?

— Vous le connaissez ?

— Y a beaucoup de monde qui cherche Rosco.

Au ton qu'il venait de prendre, Rosa sentit qu'elle ne devait pas rester là. Discrètement, elle surveilla les quatre autres individus. Ensemble, tous s'étaient levés, et ils se rapprochaient d'elle avec nonchalance dans la pénombre. Trois hommes et une femme. Entre vingt et cent ans. Posé par-dessus ses épaules, un blouson en fausse peau de lapin râpée donnait à la femme des allures de vieille bête entourée d'une escorte de coyotes. Rosa recula d'un pas.

— Je vais chercher ailleurs.

— Rosco, tu dis. Tu peux le décrire ?

— Il a les cheveux décolorés.

— Et tu en as déjà acheté des trucs à Rosco ?

— Je vais chercher ailleurs.

— Attends !

Rosa se figea sans baisser les yeux. Elle refusait de montrer qu'elle le craignait. Il demanda :

— Comment tu t'appelles ?

— Maria.

— Maria ?

Rosa acquiesça. La peau de lapin était arrivée tout près d'elle. L'homme n'y prêta pas attention. Il poursuivit :

— Maria. Tu connais Rosco, tu lui as déjà acheté des trucs. Et tu ne sais pas qu'il est mort ? Dis-moi, Maria ? Tu ne sais pas qu'il est mort ?

— Ce n'est pas le même Rosco.

— Rosco, cheveux décolorés, tu crois qu'il y en a plusieurs ?

— Je ne sais pas.

— Tu cherches quoi exactement ?

— Quoi ?…

— Viens, je te montre ce qu'on a.

Brutalement, l'homme empoigna le bras de Rosa qui se libéra vite d'un coup d'épaule, répugnée par le contact, se forçant toutefois à paraître calme pour ne pas risquer d'excéder qui que ce soit. Mais le drogué la rattrapa et pinça son bras plus fort. D'une voix nasillarde, la peau de lapin intervint.

— Laisse-la.

Il ne lâcha rien. Sans quitter Rosa des yeux, il sortit un briquet de sa poche et l'alluma à hauteur de visage, comme s'il avait cherché à déchiffrer chacune des rides de sa proie. À la lueur de la flamme, Rosa se paralysa, de peur de s'y brûler. Il continua :

— Qu'est-ce que tu prends ?

— Laisse-la.

La peau de lapin avait lancé son nouvel ordre sans que les coyotes, tout autour, ne parlent ni ne bougent. Leurs pupilles étaient dilatées, leurs cernes creusés. Ils étaient complètement défoncés et Rosa commençait à avoir mal, à plier, terrifiée. Il répéta :

— Qu'est-ce que tu prends ?

Elle ne répondit pas.

Puis, d'un geste brusque, comme s'il avait soudain voulu se débarrasser d'un vieux mégot, l'assaillant lâcha Rosa qui perdit l'équilibre et tomba, cognant violemment son genou gauche sur le sol. Personne ne lui vint en aide. La peau de lapin se justifia.

— On a besoin de fric. T'en as, toi, du fric ?

Ses jambes refusant d'obéir, Rosa se redressa avec difficulté. Sur les paumes de ses mains qui l'avaient retenue par réflexe, les graviers incrustés avaient dessiné des galaxies noires. Une fois debout, elle se mit à fouiller dans sa poche. Elle tendit l'unique billet qu'elle y trouva.

— Cinquante euros.

La femme empocha l'argent et lui parla de sa voix nasillarde, comme si elle avait affaire à une fillette affectée d'un retard mental.

— Rosco, il est mort. Il y a un an. Il a été à l'hôpital, et voilà. Barre-toi, maintenant.

Malgré l'obscurité, Rosa les distinguait autour d'elle, la peau de lapin et ses quatre coyotes aux yeux, aux nez et aux bouches sombres, obliques. Ils n'eurent pas à lui répéter « Barre-toi ». Rosa rebroussa chemin aussi rapidement que le lui permit le martyre de ses jambes, s'écartant des tentes, fuyant le terrain vague, regagnant la route, courant prendre le premier bus qu'elle croisa. Dans son souffle, ce n'était plus que trois mots. « Rosco est mort. » Rosco était mort et Rosa était cette folle qui le cherchait quand même. Rosco était mort, plus rien n'avait de sens. Rosco était mort. Rosa n'y croyait pas. Elle aurait voulu disparaître.

Une heure plus tard, elle s'enfermait dans son appartement en regrettant qu'il ne s'agisse pas d'un bunker. Saine et sauve, se dit-elle. En nage, elle essuya son visage avec sa manche et vida ses poches. Son canif avait été inutile, une fois plus. À vrai dire, elle n'avait même pas songé à s'en servir, elle l'avait oublié. Saine et sauve et stupide. Après avoir retiré ses chaussures, pieds et jambes brûlants, elle hésita avant de téléphoner à Marc. Il lui répondit tout de suite, reproches dans la voix.

— Je suis passé chez toi, tu n'étais pas là. Tu étais où ?

— J'avais besoin de marcher. Je n'ai pas vu l'heure.

— Tu es allée au terrain vague ?

— Non.

— Tu me le jures ?

Rosa aurait voulu mentir.

— Tu pourrais aussi chercher ce type de ton côté, Marc, si tu te sentais plus concerné.

— Tu crois que je ne me sens pas concerné ?

— Je ne comprends pas pourquoi ils gardent Lino alors qu'il n'y a pas de preuves.

— Parce qu'il dit n'importe quoi ton fils !

— Pardon ?

— Excuse-moi, je ne veux pas te blesser, Rosa. Mais l'avocate me l'a dit aujourd'hui.

— Qu'est-ce qu'elle t'a dit ?

— C'est entre autres parce que Lino raconte des choses incohérentes qu'ils le gardent.

— Il a dit qu'il était avec son dealer, ce n'est pas incohérent.

— Il a dit qu'il était avec un gars nommé Coco ou Rococo.

— C'est Rosco.

— Maintenant c'est Rosco… Et demain ce sera qui ? Putain… De toute façon ça change rien, personne ne réussit à trouver le type qui a vendu sa coke à ton fils. Tu crois que les flics n'ont pas cherché ? Tu crois que l'avocate ne s'est pas démenée elle aussi ? Maintenant l'avocate lui a dit de se taire.

— Lino doit se taire ?

— Oui, Lino doit se taire. Elle attend la nouvelle audition des témoins, elle se concentre là-dessus.

— L'avocate se concentre… Pourquoi elle t'appelle, toi, et pas moi ? Je vais prendre un autre avocat. Je vais faire un emprunt, je vais payer quelqu'un d'autre.

— Tu ne vas pas faire un emprunt, Rosa, c'est ridicule.

— Je ne veux pas parler de ça.

— Tu sais très bien que si tu as besoin d'argent…

— Arrête, Marc, je ne veux pas d'argent.

— Alors qu'est-ce que tu veux ? Tu veux que je demande à toutes les crasses que je connais de chercher Rosco, c'est ça que tu veux ? Tu veux que je commande des flingues ? Oh, Rosa ! Tu veux aller jusqu'où comme ça ?

— C'est mon fils. Mon seul fils. Si tu ne comprends pas…

— Je te jure que je l'ai fouettée au cul cette avocate pour qu'elle se bouge. Je ne te le dis pas, mais j'en fais plus que tu crois. Cette histoire, elle me mine, moi aussi. Pareil que toi.

— Tu as fouetté l'avocate ?

— C'est comme ça que ça marche avec elle, elle est complètement maso. Elle m'a juré qu'elle se démenait. Et… Bordel, Rosa. Tu me fais confiance ?

— Je vais aller me coucher. Si tu veux venir, c'est maintenant.

— Tu veux vraiment que je vienne ?

— S'il te plaît, oui.

Rosa ne chercha pas à cacher ni sa tension ni sa peine lorsque Marc vint la rejoindre et qu'elle le serra dans ses bras, longtemps. Elle ne cacha pas son découragement, même si elle ne parla pas des détails du terrain vague, ni des tentes, ni des coyotes, ni des galaxies noires. Même si elle ne parla pas de Rosco mort. Elle l'étreignit, longtemps, à la recherche d'un réconfort impossible.

— Je dois prendre une douche.

Comme s'il s'était occupé d'une enfant endormie, Marc la déshabilla lui-même. À l'instant où il découvrit ses jambes, elle tenta de cacher son mollet gauche sous sa main, par réflexe, honteuse. Mais Marc avait bien vu que la tache était plus rouge, plus enflée, et Rosa ne pouvait pas feindre d'aller bien. C'était tout un entremêlement de veines endommagées, affreuses, qui battaient, là, comme si un animal avait fait ses griffes sous sa peau. Marc était impressionné. Il annonça :

— J'appelle un toubib.

— C'est pas la peine.

Il empoigna son téléphone sans l'écouter.

Alors, un long moment, Rosa n'osa plus retirer sa main posée par-dessus la tache comme pour la protéger.

La couver.

17

Un médecin de garde arriva vers trois heures du matin. Vieil homme aux gestes lents, il demanda à se laver les mains avant d'ausculter les jambes de Rosa. Il ne dit rien quand il en découvrit l'état, visage plus rigide qu'un vase de céramique que Rosa aurait eu envie de briser. Tant ses jambes faisaient mal. Mais, par respect pour l'inquiétude de Marc, elle se laissa examiner en silence. Le médecin palpa ses mollets, évaluant leur raideur, leur température, leur teinte. Il jaugea la tache. Il la questionna.

— Ça fait longtemps que vous avez mal ?

— Ce n'était pas aussi violent.

— Vous prenez un traitement ?

— Je mets du gel pour décongestionner.

— Et vous mettez des collants de contention dans la journée ?

— Non. Ça donne chaud.

— C'est vrai. Mais vous devriez en porter.

Il sortit un bloc de son sac et commença à rédiger une ordonnance.

— Il faut vous faire faire un doppler.
— Qu'est-ce que c'est ?
— Pour voir si vos veines sont bouchées.
— C'est pressé ?
— J'appelle l'hôpital pour prévenir que vous arrivez.
— Maintenant ?

Plus tard. Dans la semi-obscurité d'une salle de radiologie, une sonde passait sur les jambes de Rosa comme un insecte froid. Une jeune urgentiste la maniait avec concentration, yeux fixés sur un écran saturé de couleurs et de formes verdâtres. Formes et couleurs indéchiffrables, au regard de Rosa. Formes et couleurs dévoilant l'intérieur de ses veines.

— C'est la première fois que vous faites un écho-doppler ?

— Je n'avais pas aussi mal avant.

— Qu'est-ce que vous faites comme métier ?

— Je suis dans la restauration.

— Pas très bon pour les jambes.

— Je dois arrêter. On monte un hôtel avec mon fils. On est en pleins travaux.

— Ce sera moins dur, vous pensez ?

— Je pourrai m'asseoir plus souvent.

— OK. Je vais vous dire ce que je vois : vous faites une phlébite profonde. Vous savez ce que c'est ? Votre veine est bouchée. C'est une urgence médicale. On va vous hospitaliser immédiatement.

Détournant la tête, Rosa observa Marc tout près d'elle. Il retenait ses larmes.

Plus tard. Alitée, Rosa observait une infirmière enfoncer une aiguille dans son bras. Mise sous perfusion, on lui ordonna de rester immobile. On lui administra des anticoagulants, on lui injecta des calmants. Personne ne lui dit, en revanche, combien de temps cela allait durer. Il fallait attendre. Attendre que le caillot cesse d'être dangereux. Que le caillot s'en aille. À ses côtés, Marc voulut qu'on lui explique encore le risque. Le risque, c'était que ce caillot monte au cœur, provoque une embolie. Le risque, c'était que Rosa meure. Il refusa cette possibilité. Au bout de quelques heures, le médecin dut le forcer à quitter la chambre pour la laisser dormir.

C'était la première fois, depuis la naissance de Lino, que Rosa se retrouvait dans une chambre d'hôpital. Le jour de son accouchement, elle avait aimé l'ambiance de la maternité, le personnel soignant et même l'odeur du linge dans lequel elle avait enveloppé son Lino minuscule. Cet enfant, elle l'avait adoré dès qu'elle l'avait vu. Dans cet hôpital-ci, ses sensations étaient opposées. Elle se sentait mal, engourdie. Les fortes doses de calmants ne réussissaient pas à l'endormir. L'ambiance était pourtant sereine autour d'elle, lumières éteintes, draps propres. Mais tout, ici, la rebutait. La forme conventionnelle des meubles et l'odeur des médicaments. Les rideaux tirés et le bouton d'alarme. Elle sentit venir la nausée. Elle changea de position. Se tourna vers la porte close. Un rai de lumière s'en échappait au niveau du sol. À côté du lit, un téléphone gris reposait sur une table grise. Rosa l'observa un long moment. Comme si, à force de l'observer, elle avait eu le pouvoir de le faire sonner. Elle finit par s'emparer de son propre téléphone sans prendre soin de la perfusion qui l'obligeait à se contorsionner, s'emmêlant autour de son bras comme un bracelet d'esclave. Au bout de quatre sonneries, l'avocate répondit.

— Il est six heures du matin, madame Messina.

— Lino ne va pas supporter de rester enfermé. Ne serait-ce qu'une semaine de plus. Il ne pourra pas tenir.

— Il va tenir.

— Qu'est-ce que vous en savez ?

— La nouvelle audition des témoins aura lieu dans la journée.

— Pourquoi vous ne m'avez pas appelée pour me le dire ?

— J'allais le faire. À une heure décente.

— C'est pas Lino qu'ils ont vu. C'est pas possible. Ils n'ont pas de preuve. Ils n'ont pas de vraie preuve.

— Je fais tout pour démontrer qu'il y a un abus de la détention provisoire.

— Vous faites quoi exactement ?

— Je vous rappellerai.

— Quand ?

— Au plus vite.

Rosa raccrocha, à bout de forces, sombrant malgré elle dans l'inconscience.

Plus tard. Lorsqu'elle rouvrit les yeux, bouche sèche, corps moite, Marc se tenait à son chevet avec un bouquet de roses artificielles qu'elle accepta d'un sourire. Lui aussi avait l'air épuisé. Il déposa les fleurs dans un broc en plastique et tira sa chaise pour se rapprocher d'elle. Sans la brusquer, Marc lui tint compagnie tout l'après-midi, caressant la main qu'elle lui avait livrée comme une offrande triste. De la part de sa mère, il avait apporté des revues. Que Rosa ne s'ennuie pas, avait dit la mère de Marc. Que Rosa s'occupe. Que Rosa aille mieux. Elle le remercia.

— Je n'ai pas pris de douche. Je dois être horrible.

— Dès que tu sors, je te baise comme tu mérites.

Encore, elle parvint à sourire. Pourtant l'avocate ne la rappelait toujours pas et Rosa avait envie de frapper quelqu'un, n'importe qui, une victime au hasard juste pour avoir l'impression de faire quelque chose, n'importe quoi, pour tenter d'agir sur ce réel qu'elle refusait, qu'elle haïssait. Et cette violence l'inondait, la contraignant à se raccrocher à la douceur de Marc pour ne pas s'y noyer. Revenir à la surface, au présent, à cette dimension incompréhensible, recouverte d'un brouillard. D'une boue.

Plus tard. Hassan vint à son tour au chevet de Rosa. Traits tirés, chemise impeccablement repassée, cheveux plaqués en arrière, le chef cuisinier déposa un paquet sur le ventre de sa patronne.

— C'est des montecaos, tes gâteaux préférés.

— Merci mon bel Hassan, c'est adorable. Merci d'être venu. C'est Marc qui t'a prévenu ?

— C'est lui. Tu veux que j'ouvre ton cadeau ?

— Je veux bien.

Il ouvrit le paquet et l'aida à croquer dans un des délicieux gâteaux qu'il avait cuisinés. Elle s'en délecta.

— Mmmh… Ça m'a manqué tes gâteaux, Hassan. Pas que tes gâteaux d'ailleurs.

— Je t'en apporterai d'autres. Quand tu iras mieux.

Rosa apprécia sa proposition et fit son possible pour s'intéresser à lui.

— Comment tu vas, toi ? J'ai voulu t'appeler mais… Tu t'en sors avec ton chômage depuis qu'on a fermé le restaurant ?

— J'ai touché le premier montant hier. Heureusement j'ai de l'argent de côté.

— Dès que l'hôtel ouvrira, on te donnera une prime.

— Merci Rosa, ne pense pas à ça.

— Tu vas aller voir ta famille à Casa ?

— Je pars demain. Ma fille vient d'accoucher.

— Je te donnerai de l'argent.

Hassan hocha la tête et ne dit rien de plus. Il rangea le paquet de gâteaux sur la table de nuit et contempla un instant la fenêtre fermée, les rideaux qui stagnaient. Cette vision sembla lui rappeler quelque chose.

— Dans la Kabbale, il est dit que le corps humain est composé de trois-cent soixante-cinq veines.

— Tu t'intéresses à la Kabbale, Hassan ?

— Je me pose des questions, je cherche… trois-cent

soixante-cinq veines. Toi tes veines, là, elles te jouent un bien mauvais tour.

— Ça va s'arranger, ils m'ont dit.

— Bien sûr, ça va s'arranger, Rosa. Tu vas aller mieux.

Hassan posa ses mains sur ses cuisses. Ses ongles étaient courts et parfaitement propres.

— J'ai pensé à autre chose.

— Tu as pensé à quoi, Hassan ?

— Tu as cherché un alibi pour Lino, pas vrai ? Marc m'a raconté. Tu as cherché dans des endroits où tu ne vas pas d'habitude, dans un parc, dans un terrain vague. On a l'impression que tu aurais été prête à payer pour qu'on te le donne cet alibi. Même un faux, tu l'aurais pris. Pourvu que ça aide Lino à sortir. Dis-moi si je me trompe.

— Lino va sortir de toute façon.

— Sauf s'il est coupable.

— Pardon ?

— Je vais le dire autrement. Imagine, Rosa. Si ton fils « était » coupable. Tu crois que ce serait une bonne chose de faire ce que tu fais ? Tu crois que ce serait être une « bonne maman » de faire tout ce que tu fais ?

Rosa considéra Hassan. L'élégance de son visage. Qu'il ait pu lui poser cette question, elle n'arrivait pas à y croire. Elle aurait voulu lui répondre, mais ses lèvres s'étaient mises à trembler. Elle murmura :

— Je crois que tu peux t'en aller, maintenant.

Hassan baissa les yeux. Il n'avait pas grand-chose à ajouter.

— J'espère que ça va vite aller mieux tes jambes.

Nouvelle nuit d'hôpital. Prise de frissons, Rosa se redressa pour ausculter sa jambe gauche. Elle la découvrit encore plus enflée, plus chaude. Chacun de ses mouvements ravivait sa douleur. Elle se rallongea comme une désespérée. Comme une morte. Lorsqu'une succession d'ombres apparut sous sa porte et l'attira. Dans le couloir, sans qu'elle puisse les voir, des tas de gens marchaient. Au sol, leurs ombres bougeaient, s'éloignaient, disparaissaient, revenaient, composant un ballet d'un genre insoutenable. Toute une vie, là, qui passait, inaccessible. Rosa ferma les yeux. Elle aurait voulu crier. Un seul mot réussit à sortir d'entre ses lèvres.

— Lino…

Elle enfouit sa tête dans l'oreiller, avec la sensation que la fièvre était en train de la broyer, son front trempé, son dos, son ventre, ses cuisses.

— Lino…

La souffrance la fit se cambrer, la fit gémir. Elle rassembla ce qui lui restait de force et appuya sur l'alarme. Yeux clos, elle tenta d'arrêter de penser à la douleur. Arrêter de penser à Lino.

Une infirmière ouvrit la porte et alluma la lumière tout en recoiffant sa longue queue-de-cheval blonde.

— Vous avez appelé, madame Messina, qu'est-ce qui se passe ?

— C'est ma jambe.

— Vous avez mal ?

— Je n'en peux plus.

— Je vais vous chercher quelque chose.

Rosa manqua de s'évanouir. L'infirmière revint avec un cachet et un verre d'eau.

— Prenez ça.

Rosa avala.

— Est-ce que mon téléphone marche ?

— Il marche très bien.

— Personne n'a appelé pour moi ?

— Il est très tard, madame Messina. Il faut dormir. Je suis à côté s'il y a un souci.

L'infirmière repartit.

Rosa attendit. Le cachet antidouleur, elle l'imaginait en train de se répandre dans son sang, en train de se disperser dans ses veines. En vain. La peine la dévorait, lorsque des ombres, encore, apparurent sous la porte. D'abord deux, puis trois. Des dizaines d'ombres qui s'immiscèrent et débordèrent dans la chambre, pareilles à de la lave. Par instants, la lumière du couloir s'éteignait et le sol redevenait gris. Par instants, elle se rallumait et les ombres revenaient. Alors Rosa s'y consacra avec acharnement, à ces ombres, les dénombrant, calculant le temps entre chacun de leur passage, première ombre, deuxième ombre, troisième ombre, trois ou quatre secondes, jusqu'à vingt-six secondes entre deux surgissements. Le calcul de Rosa l'obnubilait et c'était bien. Elle comptait, elle recomptait, et rien d'autre n'arrivait à ses pensées. Calme, calme.

Elle s'arrêta de compter. Depuis plus de cent secondes, il n'y avait plus d'ombre sous cette porte. Elle se frotta les yeux. Elle tendit le bras pour attraper son verre d'eau. Elle but. Toujours fixant sous la porte. « Chhh chhh chhh. » Un bruit se répétait. « Chhh chhh chhh. » Des chuchotements. Là, derrière la porte, dans le couloir. Un langage inconnu. Sans doute celui des infirmières ou des malades, ou celui des autres, de tous les autres. « Chhh chhh chhh. » Puis le silence. Immobile. Sans ombre. Sans bruit. Rosa se figurait qu'il devait être beaucoup trop tard, que c'était pour cette raison que plus personne ne passait devant sa porte. Plus aucune ombre. Elle s'imaginait que tout le monde dormait. Elle aurait voulu abandonner, ne plus compter, ne plus attendre, ne plus observer. Mais une nouvelle ombre passa. Elle avait couru vite. Rosa se remit à compter. Un, deux. Jusqu'à dix. Jusqu'à cent. Puis les chuchotements recommencèrent. « Chhh chhh chhh. » Et Rosa ralluma la lumière. Elle écouta. Elle examina la porte close. Elle en scruta le bois gris, longtemps, jusqu'à ce que la poignée se mette à bouger, jusqu'à ce que la porte s'entrouvre.

— Lino…

Le nom de Lino, formulé dans un souffle. Lino était apparu, là, sur le seuil, dos courbé, comme un voleur que l'on vient de surprendre. Figé, comme s'il n'osait plus avancer. Elle n'en croyait pas ses yeux.

— Mon Dieu…

— Je t'ai réveillée ? Je reviens plus tard si tu veux.

— Non, non, non. Viens là, entre, viens à côté de moi.

Et lorsqu'il fut près d'elle, Rosa eut l'impression de découvrir un miracle. Lino. Maigre et verdâtre de fatigue. Mais toujours aussi beau. Ses cheveux noirs comme les siens. Ses yeux verts comme les siens.

— Pourquoi personne ne m'a rien dit ? Tu es sorti quand ?

— Il y a une heure.

— Une heure ? Quelle heure il est ?

— Sept heures.

— Pourquoi l'avocate ne m'a pas appelée ? Elle devait le faire.

— C'est moi qui lui ai demandé. Je voulais te faire la surprise.

— C'est elle qui t'a dit où j'étais ?

— Oui. Comment tu te sens, maman ? Tu as mal ?

— Pas trop… Mais viens là, chéri, assieds-toi, plus près…

Elle lui prit la main, palpant ses doigts comme pour vérifier la réalité de sa présence, incrédule, éblouie. Puis elle le serra dans ses bras, et quelque chose en elle s'écroula. Lino était là. Il était là pour de vrai. Son visage contre le sien, son corps contre le sien. Elle se mit à pleurer.

— Elle a fini par y arriver, alors, cette avocate… Elle t'a fait sortir.

— Elle a dit qu'il y avait un abus de la détention provisoire. Ils ne pouvaient pas me garder plus longtemps.

— Et les témoins… Ils ont changé d'avis ?
— Ils ont dit que c'était pas moi.
— Ils étaient sûrs cette fois ?
— Apparemment.
Elle l'étreignit plus fort.
— Comment tu vas, toi, mon chéri ? Tu dois être épuisé.
— Ça va, maman.
— Tu sais que j'ai cherché ton dealer ?
— Rosco ?
— On m'a dit qu'il était mort.
— Tu as cherché où ?
— Là où tu avais dit, chéri. Au parc. Au terrain vague.
— Rosco dit tout le temps qu'il est mort.
— Comment ça ?
— Il a dû se barrer.
— Et il fait croire qu'il est mort ?
— C'est ça. T'es sûre que ça va aller, ta jambe ?
— Ne t'inquiète pas.
Elle caressa sa joue, soucieuse de redécouvrir la texture de cette peau devenue trop sèche, cette peau qu'elle adorait.
— Tu ne risques plus rien, alors ? Ils vont te laisser tranquille ?
— Juste, je ne dois pas quitter Nice. Tant qu'ils n'ont pas trouvé le coupable, je…
— Ils vont le trouver, chéri, c'est obligé. Viens là.
Elle l'enlaça encore, le remerciant d'être revenu de toute son âme. Et elle le sentit maigre. Et elle le sentit

faible. Il ressemblait à un soldat rescapé d'une guerre interminable.

Leur étreinte fut interrompue par l'infirmière qui avait ouvert la porte sans frapper.

— Vous savez que les visites sont interdites à cette heure-ci ?

Rosa se détacha de son fils pour répondre.

— C'est mon fils. C'est Lino.

— Comment il est entré ?

— Par la porte.

Lino avait juste dit trois mots, « par la porte », et Rosa ne put s'empêcher de sourire. Par la porte, évidemment, par où aurait-il pu passer ? Et tout lui parut soudain si simple à Rosa, si simple de voir son fils près d'elle comme s'il ne l'avait jamais quittée. Son fils qui lui souriait pendant que l'infirmière donnait ses ordres.

— Vous devez vous reposer, madame Messina. Vous n'êtes pas raisonnable. Regardez.

D'un geste ferme, elle s'empara du tuyau de la perfusion pour en démêler les nœuds, atterrée de devoir s'attaquer à ce casse-tête extravagant.

— Qu'est-ce que vous m'avez fait ? Rallongez-vous bien. Allez, madame Messina, aidez-moi.

Encouragée par son fils, Rosa finit par obéir tandis qu'il reculait pour laisser la place.

— Je vais rentrer à la maison de toute façon. Je suis crevé.

— Tu as l'air épuisé, chéri.

— Je reviendrai plus tard.

— Dans pas longtemps ?

— Promis.

Rosa le dévisagea encore. Cette sensation, joie du retour de son fils, joie sanguine, joie utérine, elle aurait voulu, pour toujours, pouvoir la posséder.

18

Dix jours d'hospitalisation. Rosa put enfin rentrer chez elle. Son fils était venu la chercher en taxi et, au soleil, elle appréciait son teint. Il avait changé de couleur. Bien sûr, l'ancien détenu n'était pas encore vaillant. Mais Rosa prit quand même plaisir à agripper son bras comme elle le faisait avant. Ses jambes étaient fragiles, elle boitait. Lino la soutenait.

Arrivés devant le Petit Soleil, il la laissa vérifier que la porte était bien fermée à clef. C'était ce qu'elle faisait toujours. Inspecter la fermeture du restaurant à chaque fois qu'elle passait devant. Inspecter même si tout avait déjà été inspecté. Lino la reconnaissait bien là, dans ce rituel.

Puis, comme dans un rêve, dès qu'elle posa un pied dans l'appartement, Rosa s'émerveilla de tout ce que lui avait préparé son fils. Il avait rangé. Il avait nettoyé. Lavé les vitres et les sols. Épousseté les canapés. Fait des courses. Changé les draps des lits. Sur la table basse, un cadeau était posé.

— Qu'est-ce que c'est ?
— Ouvre.
Rosa s'assit sur le canapé et prit son temps pour contempler le paquet avant de l'ouvrir, tirant sans forcer sur le ruban argenté qui l'entourait, prolongeant autant qu'elle le pouvait la merveille de l'instant. Elle fut impressionnée de découvrir un foulard en soie noire tissé de magnolias blancs.
— C'est très, très beau, Lino.
— Bon anniversaire maman.
— Merci mon chéri. Tu es le premier à me le fêter.
— Tu peux le changer si tu veux.
— Pas question. Je l'adore ce foulard.
— Je savais qu'il te plairait.
— Le noir, c'est ce qui me va le mieux.
— C'est vrai.
— Tu trouves que je vieillis ?
— Quarante-trois, c'est pas vieux.
Flattée, elle demanda à Lino de lui apporter un miroir. La texture du foulard était douce au contact de la peau, elle le noua autour de son cou, le caressant tel un être vivant.
Elle annonça :
— J'ai envie d'aller à l'hôtel.
— Maintenant ?
— Plein de choses ont dû changer depuis ton retour.
— Ça fait que dix jours, maman.
— Ça compte.
— Ils ont presque fini l'électricité.

— Tu vois.

Soudain, le téléphone portable de Rosa se mit à vibrer. Marc venait de lui envoyer un texto rempli de cœurs, elle le lut en souriant. Son émotion n'échappa pas à Lino.

— Marc m'a dit pour vous deux.

Rosa ne s'attendait pas à cet aveu.

— Il t'a dit quoi ?

— Vous vous voyez depuis un an.

— Je voulais t'en parler avant, mais... Qu'est-ce que ça te fait ?

— Je ne sais pas.

— Ça te gêne ?

— Pourquoi ? Marc est un type bien, non ?

Elle dévisagea son fils. Les jours passés en prison semblaient l'avoir rendu plus mature, plus grave. Elle se confia, prenant soin de mesurer ses paroles.

— Marc compte beaucoup pour moi.

— Vous allez vivre ensemble.

— Il veut que je m'installe chez lui... Mais on n'est pas pressés, chéri. Je suis encore là un petit moment, avec toi.

— J'ai vingt-trois ans, maman. Je peux très bien vivre seul dans cet appart.

— C'est que tu veux ? Tu veux que je te laisse l'appartement ?

— Je te verrai quand même tous les jours de toute façon.

Alors, Rosa se détendit. Son fils n'avait jamais été aussi doux, lui semblait-il, soyeux comme ce foulard contre son cou. Et ce qu'elle voulait le plus au monde c'était profiter de lui, prince retrouvé qui s'occupait d'elle comme si elle était sa reine.

— Fais voir tes jambes, maman.

Avec délicatesse, Lino guida Rosa pour qu'elle pose ses jambes sur les siennes. Elle portait une jupe longue et les collants de contention que le médecin lui avait prescrits, des collants épais, noirs, à travers lesquels se devinaient les pansements. Des bandages épais, rugueux, que Lino inspectait en silence pendant que Rosa l'inspectait, lui. Même s'il tentait de les contrôler, les mains de Lino tremblaient quand il commença à lui masser les pieds, utilisant chacun de ses doigts pour stimuler les orteils et la voûte, retrouvant des gestes qu'il avait souvent accomplis, avant, dont il maîtrisait le pouvoir. En silence, Rosa se délectait de se laisser manipuler. Malgré les tremblements, les doigts de son fils la massaient avec une douceur qui la pénétrait, qui la bouleversait. Elle aurait voulu que le délice s'éternise, même si l'inquiétude de voir son fils affaibli l'empêchait de s'abandonner totalement. C'était une inquiétude pleine des peurs passées, des peurs à oublier. Elle la chassa en riant un peu trop fort.

Plus tard. Des échafaudages montaient le long de la façade de l'hôtel Gloria que Rosa et Lino gagnèrent ensemble. À l'intérieur, dans le hall, les ouvriers étaient partis, leur laissant le loisir de contrôler l'avancée des travaux. Depuis la dernière visite de Rosa, les lieux s'étaient transformés. La lumière, qui lui semblait plus dorée. Les murs, plus lisses, plus clairs. Mais le plus grand changement était de voir Lino pour la première fois sur ce chantier, là, au milieu du chaos de peinture, d'outils, de gravats.

Il ramassa un pinceau qui traînait par terre et le rangea parmi d'autres dans un seau. Du bout des doigts, il toucha un mur recouvert d'un enduit encore humide.

— C'est en train de sécher.

Puis il entraîna Rosa en direction d'un autre mur, dans le fond, tout juste refait à neuf, l'invitant à découvrir l'impeccable peinture blanche et laquée qui resplendissait comme une aube.

— Regarde. Mets-toi bien face au mur, maman. C'est un vrai miroir, cette peinture.

Prise au jeu, Rosa prit position face à la brillance du mur, face à son propre reflet.

— Tu te vois ?

— Je me vois, chéri.

Bien sûr, elle ne parvenait pas à discerner précisément les traits de son visage à travers ces formes floues vacillant devant elle. Cependant, plus Rosa observait, plus elle avait l'impression que la peinture était un miroir, oui, et qu'elle était magique, que les reflets inscrits dans la laque commençaient à devenir de plus en plus précis parmi les irisations, révélant un visage quasiment identique au sien, une représentation presque exacte aux contours luminescents. Lino se rapprocha d'elle.

— Et tu me vois aussi, là ?

Rosa hocha la tête. L'image de son fils venait d'apparaître, à ses côtés. Et tout était bien. Lino alluma une cigarette avec un briquet qu'il venait de trouver. Tout était bien, se répéta-t-elle. Tout était bien. Entre ses doigts, la cigarette de Lino tremblait. Rosa ne dit rien.

Plus tard. En direction du Tangerina, Rosa et Lino parcouraient les rues serpentines de leur quartier, Vieux-Nice noctambule animé de son éternelle population cosmopolite, mélange de touristes et de Niçois de tous âges et de toutes origines. En marchant, Rosa calcula que cela faisait plus de trente ans qu'elle vivait dans cette ville. Pourtant, ce soir, elle avait l'impression de revenir d'une trop longue traversée, elle devait faire des efforts pour se persuader qu'elle était encore ici chez elle, pour ne pas s'y sentir étrangère parmi les étrangers. Pour se réconforter, elle se suspendit au bras de Lino amaigri. Malgré l'interdiction du médecin, elle avait chaussé des ballerines à petits talons qui menaçaient de la faire trébucher. Lino lui en fit le reproche.

— Tu n'aurais pas dû mettre ces chaussures, elles sont trop serrées.

— Tu n'aimes pas que ta maman soit sexy, hein ?

Rosa avait répondu de façon automatique, sans réfléchir à l'impact de ses mots qu'elle regretta en voyant le regard de Lino s'assombrir. Ces mots-là avaient sonné comme un retour du passé, un vertige. Alors, pour cacher sa propre confusion, elle se mit encore à rire. Rire, un peu trop fort, comme si rien n'avait été dit.

Avant même qu'ils n'arrivent devant la porte du Tangerina, Moktar, le videur aux longues tresses sages pareilles à des pieuvres, les interpella de sa voix chaleureuse.

— Hey ! Ça va Rosa ? Pas trop dur l'hôpital ?

— Ça va Moktar, je te remercie. Et toi, ta femme, tes filles ?

— Elles sont en vacances.

— Elles profitent.

Moktar serra la main de Lino et les laissa entrer dans la boîte qui venait à peine d'ouvrir, une quinzaine de clients seulement, dispersés parmi les tables, sur la piste.

Main posée sur les épaules de Rosa pour la guider, Lino l'entraîna vers un groupe installé au fond autour d'une table basse couverte de bouteilles. Parmi la dizaine de convives, Rosa vit Marc qui se hâtait de venir l'accueillir. Puis le groupe entier salua Rosa, la câlinant, répétant le bonheur de la voir debout. Parmi ces têtes familières, Rosa retrouva la mère de Marc, vieille dame aux cheveux teints en roux qui l'embrassa en faisant claquer ses lèvres. Autour d'elle, les autres amis étaient ceux qui l'avaient toujours soutenue, signant la pétition pour Lino sans émettre de doutes. Rosa les avait presque oubliés tant elle s'était retrouvée seule, lui semblait-il, à attendre son fils.

— Ça va ma belle ?

Sans prévenir, Marc attrapa le visage de Rosa pour l'embrasser sur la bouche. C'était la première fois que cette intimité s'affichait devant Lino, et son menton se déroba sous l'œil amusé de son amant. Elle comprit alors que ses amis étaient au courant et qu'ils l'approuvaient. Que Lino l'approuvait.

Puis, sous les spots, les coupes de champagne se mirent à briller, et Marc lui souhaita joyeux anniversaire en invitant tout le monde à chanter. De plus en plus émue, Rosa dévisagea Lino qui inclinait sa tête pour l'inviter à trinquer. Il était complice, apparemment, de toute cette cérémonie. Et même s'il paraissait épuisé, il y participait, fredonnant joyeux anniversaire avec Marc et les autres tandis que, sur la piste de danse, les clients dansaient au rythme de l'hymne. À la fin, toutes les mains applaudirent. Alors, l'espace d'un instant, repoussant le souvenir des jours maudits, Rosa s'autorisa à se sentir souveraine.

Marc offrit son cadeau en premier. C'était un smartphone sur le dos duquel il avait fait graver les initiales de Rosa, ainsi que trois étoiles dorées. Rosa le remercia d'un baiser sur la joue et prêta l'engin à Lino pour qu'il l'apprécie.

Puis, à leur tour, les amis offrirent leur cadeau commun. Il s'agissait d'une enveloppe dans laquelle Rosa découvrit une carte postale, une photo panoramique de la ville de Bangkok. Son visage s'éclaira, incrédule, quand elle lut le message que ses amis avaient écrit au verso : *Bon pour huit jours en Thaïlande. Bon rétablissement.* Abasourdie par la valeur du voyage, Rosa consulta Lino qui souriait. Marc précisa l'origine de ce précieux présent.

— C'est ton fils qui a donné l'idée de la Thaïlande.

Rosa s'en était doutée.

— C'est là-bas qu'on a parlé de monter un hôtel ensemble pour la première fois.

— Vous y êtes allés quand, exactement ?

— Il y a quatre ans.

— Vous étiez dans un bel hôtel ?

— Pas un palace, ni même un trois-étoiles… Mais c'était très bien. Lino a fait de la plongée.

— Vous avez vu des méduses ?

— Lino pourrait en parler pendant des heures. Je suis vraiment contente. Merci beaucoup. C'est un très beau cadeau. C'est trop.

— Il faudra que tu choisisses une date, c'est un voyage pour deux.

Rosa acquiesça en souriant à Marc qui proposait de l'accompagner. Elle sollicita encore son fils pour qu'il donne son approbation. Lino ne s'y opposa pas. Alors Rosa promit à Marc de partir avec lui.

Plus tard. Marina, la jeune amie de Lino, vint s'installer avec eux autour de la table. Rayonnante dans une combinaison satinée, elle embrassa Rosa qui la complimenta sur sa tenue. Puis Lino et Marina s'éloignèrent pour discuter avec un groupe d'amis de leur âge. Restée assise aux côtés de Marc, Rosa ne pouvait s'empêcher de les observer. Elle se persuadait qu'il était rassurant de revoir son fils entouré de la plupart de ses anciens copains, lui le plus beau et le plus élégant, sans doute pas le plus drôle, non, mais le plus ambitieux. Bien sûr, entre eux l'atmosphère n'était pas aussi légère qu'avant, et elle ne le serait jamais plus. Mais les jeunes continuaient à vivre, et Rosa aurait voulu les encourager à vivre plus intensément encore. Malgré sa fatigue, Lino vint prévenir Rosa qu'il allait poursuivre la soirée ailleurs. Et Rosa n'osa pas le contrarier, se contentant de le regarder disparaître à regret. De toute façon, Marc était déjà en train d'attraper sa main avec ostentation, comme s'il avait voulu que le monde entier déchiffre son amour.

Sur la piste, les clients dansaient et s'esclaffaient et s'embrassaient, de plus en plus nombreux. Encouragée par ses amis, Rosa reprit du champagne et laissa la vieille dame aux cheveux roux se pencher à son oreille. La mère de Marc voulait lui offrir ses conseils maternels, autant de secrets auxquels Rosa ne comprit rien à cause du bruit ambiant, de la musique, des danseurs, des chants. Alors, au bout d'un moment, Marc demanda à sa mère de laisser Rosa tranquille. Et la dame aux cheveux roux se mit à rire, et lui aussi, et Rosa aussi.

À l'aube, dans la rue, aidée par un Marc complètement saoul, Rosa retira ses chaussures pour soulager ses jambes. Elle marcha pieds nus sur l'asphalte refroidi, se laissant porter par l'ivresse de son amant.

— Ça t'a fait plaisir le voyage, Rosa ?

— Bien sûr.

— Lino a l'air encore bien crevé.

— Il va aller mieux.

— On est tous crevés, on va tous aller mieux.

Rosa eut envie de se laisser convaincre.

— Lino dit qu'il a hâte que je vienne vivre avec toi. Il veut l'appartement pour lui tout seul.

— Alors, qu'est-ce qu'on attend ?

— Tu as ta mère…

— Celle-là, dans un mois je la fourre dans un train grande vitesse.

— Alors dans un mois.

Devant l'immeuble de Rosa, ils s'enlacèrent comme un couple d'ours. Le mélange de médicaments et d'alcool l'avait assommée. Dans un dernier baiser, elle annonça qu'elle préférait passer la nuit seule. Elle répéta sa promesse :

— Dans un mois.

Dès que Rosa ouvrit la porte de son appartement, l'angoisse la reprit. Tout était trop silencieux à son goût. Trop statique. Elle se dirigea vers la chambre de son fils, ne résistant pas à l'envie d'y jeter un œil. Bien entendu, Lino n'était pas encore rentré. Rosa aurait dû s'y attendre. Pourtant, face au vide de ce lit correctement fait, son ventre se creusa. Elle savait que son fils passait le reste de la soirée avec Marina. Elle imaginait plusieurs lieux possibles où Lino aurait pu être à cette heure-ci. Chez Marina, ou chez une autre fille, ou chez un autre ami. Ou ailleurs. Ailleurs : cette possibilité l'effraya. Lino aurait-il pu vraiment être *ailleurs* ? Aurait-il pu, par exemple, être dans un *parc* ? Dans un *terrain vague* ?

Rosa referma la chambre de Lino doucement, tentant de réprimer ses peurs comme on se protège, en vain, d'une lèpre.

19

La porte se déverrouilla, s'ouvrit, se referma. Huit heures du matin, Lino rentrait dans l'appartement. Bruits de pas dans l'entrée, le salon, se rapprochant dans le couloir. De son lit, Rosa écoutait Lino qui pénétrait dans sa chambre, se déshabillant, retirant ses chaussures, son pantalon, son caleçon, jetant tous ses habits en vrac. Écoutait son fils qui se rendait dans la salle de bains, grimpant dans la baignoire, ouvrant l'eau de la douche, s'y glissant. Elle se leva.

En quelques pas, elle fut devant la chambre de Lino. Avec précaution, elle entrebâilla la porte, fouillant l'intérieur du regard sans même savoir ce qu'elle y cherchait. Rien, se dit-elle. Puis elle entendit l'eau de la douche se couper, quitta son poste et alla se réfugier dans la cuisine. Comme avant, elle y prépara un café pour deux, pour elle et pour son fils. Comme avant, elle y prépara des tartines pour deux, pour elle et pour son fils. Elle prit une mirabelle. Elle la croqua.

Lino débarqua quelques instants plus tard, serviette de toilette enroulée autour de ses hanches émaciées. Il avait l'air bien disposé. Rosa l'accueillit d'un sourire. Un sourire, comme avant. Elle tendit sa joue pour qu'il l'embrasse.

— Tu me sers un café, maman ?

— Bien sûr, chéri. Tu te sens comment ?

— Je n'ai pas fermé l'œil. Mais ça va.

— Tu n'as pas dormi du tout ?

— Je me coucherai tôt ce soir.

— Tu étais où, Lino ?

— Avec Marina.

— Ah c'est bien. Je l'aime bien, Marina.

— Son nouveau mec, par contre, c'est un gros, gros con.

— Elle a un mec ?

— Un prof de gym.

Lino termina son café, laissant malgré lui à Rosa le temps d'apercevoir ses mains maladives. Il évita d'aborder le sujet.

— Je m'habille et je file sur le chantier.

— Déjà ?

— Pourquoi, t'as besoin d'aide ?

— Non, mais… Tu viens à peine d'arriver, Lino, on peut prendre cinq minutes.

— Il y a du boulot, non ?

— C'est sûr, c'est pas le travail qui manque.

Lino regarda les jambes de sa mère.

— Tu veux que je fasse une lessive avant de partir ?

— Une lessive ? Mon Dieu, non, chéri. J'ai pas

encore vieilli au point de… Je suis encore capable de faire le linge. Je te retrouve à l'hôtel tout à l'heure.

— Non, ça, c'est hors de question, maman. Toi tu restes ici, tu te reposes.

— Mais…

— Je viendrai manger ici avec toi ce midi. Salade Soleil ?

— D'accord, chéri. Salade Soleil, je te prépare ça.

Il embrassa encore sa mère avant de disparaître, abandonnant sa tasse sur le plan de travail ainsi qu'il le faisait chaque matin. Comme avant. Rosa passa la vaisselle sale sous l'eau chaude. Puis elle avala ses médicaments, prit sa douche, et entreprit de remettre les collants de contention qu'elle n'avait plus le droit de quitter. Ses « collants de torture », comme elle les appelait, tant ceux-ci la comprimaient. Obligée de se plier en deux pour les enfiler, forcée de faire des pointes, de tirer sur le tissu de toutes ses forces au risque de tout déchirer. Une série de contorsions qui firent remonter en elle des souvenirs de son enfance, autant de blessures qui surgirent comme d'infâmes créatures sortent de terre après une grande catastrophe.

Six mois avant de mourir, la mère de Rosa s'était mise à porter des collants de contention, elle aussi. D'épais collants, couleur chair, à forte pression. Rosa n'était qu'une enfant, à peine huit ans, mais elle se souvenait de l'avoir soudain trouvée vieille, sa mère, les jambes engoncées dans ce carcan beigeâtre destiné à soulager ses problèmes veineux. Rosa se rappelait les grimaces que sa mère faisait quand elle enfilait ces serres de fil, à moitié allongée sur le lit, se tordant, luttant, ne trouvant jamais la bonne position pour les mettre.

Les collants de Rosa, eux, étaient noirs. Elle avait pu en choisir la couleur, elle avait pu les assortir à ses habits. En dehors des connaisseurs, médecins, pharmaciens ou malades, personne ne les soupçonnait sous ses robes longues.

Rosa avait pourtant l'impression d'être vieille, elle aussi. Vieille, à quarante-trois ans, l'âge que sa mère avait quand on lui avait diagnostiqué le cancer du sein qui avait fini par la tuer deux ans plus tard. La maladie, Rosa la portait-elle aussi dans ses gènes ? Sa mort était-elle déjà programmée ? Était-il possible que Rosa soit en train de reproduire le parcours de sa mère dont l'absence l'avait blessée plus que toute autre ? Absence dont elle n'avait jamais guéri malgré ses efforts pour oublier, pour vivre, pour avancer, pour devenir à son tour une mère, une maman. Certainement pas une maman absente. Au contraire. Une maman vivante, présente. Une indispensable maman, correspondant exactement à l'idéal qu'elle aurait voulu connaître. « Une bonne maman », comme le disait Hassan.

Hassan. Son chef cuisinier. Lorsqu'il était venu la voir à l'hôpital, Hassan avait demandé : et si Lino avait été coupable ? Rosa aurait-elle combattu pour lui avec la même énergie, la même conviction ? Parce qu'elle n'avait pas supporté de le voir souffrir en prison, aurait-elle continué à le protéger ? Se serait-elle acharnée à le défendre s'il avait été un monstre ?

Rosa tira une dernière fois sur ses collants de contention en forçant, en grimaçant.

S'il était une chose dont elle était certaine, c'était que Lino n'était pas un monstre. Son fils était cet être lunatique mais attentionné pour lequel elle s'était toujours dévouée. Il était celui qui l'inspirait. Pour lui, pour qu'il soit fier, elle avait tout tenté pour éviter de reproduire la lente dégradation maternelle dont elle avait été témoin, enfant. Pour lui, pour qu'il ne se sente jamais seul, elle s'était acharnée à devenir cette bonne maman qu'elle aurait voulu avoir. Une maman présente. Une maman vivante.

Rosa se redressa. Ses collants étaient mis. Elle se parfuma.

Elle refusait de se dégrader, oui, même si elle voyait bien qu'elle était en train de se dégrader quand même. Comme sa propre maman.

Ne lui restait-il plus que deux ans à vivre ? Deux ans à porter des collants de contention lui donnant chaud, la grattant, la compressant ? Deux ans, avant de laisser Lino seul ?

Marc répétait souvent qu'il la trouvait belle. Anna Sopak aussi le lui avait dit, une fois. C'était il y a longtemps, avant que la serveuse ne tombe enceinte de son deuxième enfant. Anna avait dit qu'elle aurait aimé ressembler à Rosa quand elle aurait son âge. Anna, avec son jeune visage rond, avec sa jeune peau blonde. Anna que Rosa aurait voulu revoir maintenant. Puisque Lino était libre. Puisque Lino était innocenté. Anna, que Rosa aurait voulu pouvoir reprendre dans ses bras. Si seulement celle-ci acceptait de répondre à ses appels. Si seulement elle n'avait pas cru Lino coupable. Si seulement, oui, rien n'avait eu lieu.

Une nouvelle envie se mit alors à l'envahir. Il fallait qu'elle retrouve Anna. Le mieux, même, aurait été que Lino aussi la revoie. Qu'ils la revoient ensemble. Cette envie lui sembla soudain si impérieuse qu'elle en parla à son fils dès son retour, à l'heure du déjeuner. Salade Soleil dans leurs assiettes, Rosa annonça son projet sans détour.

— Tu voudras venir avec moi, chéri ? Je vais sortir. Je vais aller voir Anna. Anna Sopak.

— …

— Elle a dû changer de numéro, elle ne répond pas au téléphone. Je m'inquiète. Je pense qu'on devrait aller lui parler, maintenant que tu es sorti. Qu'est-ce que tu en penses ?

— …

— Lino ? Qu'est-ce que tu en penses ?

— Je ne m'inquiète pas, moi.

— Pardon ?

— Pourquoi tu veux la voir ?

— Je t'ai dit, chéri. Je veux prendre de ses nouvelles. Tu sais si on t'avait retrouvé mort, je ne sais pas comment j'aurais réagi.

— Sans moi.

Avant même d'avoir fini son plat, il alluma une cigarette avec nervosité. Elle avait déjà vu son fils fumer de la sorte. Aspirant, recrachant la fumée violemment. Elle regretta de lui avoir parlé d'Anna.

— Si c'est trop tôt pour toi, chéri, je comprends. Je vais attendre un peu avant de…

— De toute façon tu dois te reposer, non ?

— C'est vrai.

— Alors fais-le, maman. Repose-toi.

— Je vais le faire.

— Demande à Marc de venir te voir si tu te sens seule. Ça te ferait plaisir, non ?

— Bien sûr.

— Tu pourrais lui faire une tarte.

Elle acquiesça en constatant que Lino était de nouveau en train de sourire avec espièglerie. Une tarte, oui, c'était cela qui le faisait sourire. Et à sentir son fils si attentionné, elle n'osa plus insister.

20

L'automne approchait. Dans la ville, les feuilles des arbres commençaient partout à tomber, chargeant l'atmosphère des rues d'une comptine crépitante. Rosa marchait en direction du nord depuis près d'une heure, peut-être, lorsqu'elle vit apparaître sa destination. L'immeuble gris d'Anna Sopak. Façade immobile, volets clos, porte close, semblable à un visage recouvert d'un bâillon.

Rosa se réfugia sous un platane. Malgré l'objection de Lino, elle n'avait pas résisté au besoin de venir. Cependant, elle hésitait. Elle attendait. Quand elle vit une fillette entrer dans le bâtiment, elle se persuada qu'il s'agissait d'un signe. Elle devait aller au bout de sa démarche, s'engouffrer dans le hall à la suite de l'enfant, rejoindre sans se tromper la cour encadrée de portes vertes dont la peinture paraissait plus luisante que des flaques d'huile. Pas aussi réfléchissante que la laque blanche de Lino, bien sûr. Plus réfléchissante que dans sa mémoire.

En arrivant devant la porte d'Anna, elle fut prise d'un nouveau doute. Elle sonna une fois, du bout des doigts, déjà prête à renoncer. Rapidement, la serrure se déverrouilla et la porte s'entrouvrit. Rosa chuchota presque.

— Bonjour Anna. Je vous dérange ?

La jeune femme était apparue, là, dans l'entrebâillement. Elle observait son ancienne patronne sans rien dire, pas plus étonnée que si elle s'était retrouvée devant un postier quelconque venu lui vendre un calendrier quelconque. Rosa s'excusa.

— Je vous ai appelée plusieurs fois, je... Je voulais avoir de vos nouvelles. Je peux entrer ?

La coiffure et le maquillage d'Anna étaient soignés, ainsi que sa tenue. À plus de huit mois de grossesse, son ventre était proéminent. Rosa insista.

— J'aimerais qu'on se parle.

Alors, comme une écolière face à sa maîtresse, Anna baissa les yeux. À contrecœur, comme s'il lui était impossible de refuser, elle s'écarta et laissa Rosa passer.

C'était la deuxième fois que Rosa pénétrait dans l'appartement de son ancienne employée. L'entrée donnait sur un petit salon aux murs dépareillés, mauves, bleus, le décor d'un jeune couple détestant toute grisaille. Sur les meubles bon marché, Rosa remarqua des photographies de famille, de mariages religieux, de baptêmes. Celui de Martin. Devant les fenêtres, des dizaines de cartons de déménagement obstruaient la vue.

— Vous rentrez en Pologne ?

Anna acquiesça d'un hochement de tête, retournant à ce qu'elle faisait avant que Rosa ne la dérange, s'attelant à emballer une collection d'une vingtaine de chats multicolores en bois peint. Rosa ne savait pas par où commencer.

— Je peux vous aider ?

D'un haussement d'épaules, la jeune femme montra qu'elle s'en fichait. Alors, sans conviction, mais pour donner quelque chose à faire à ses mains, Rosa s'empara d'un chaton violet aux oreilles dorées et elle essaya de le recouvrir de papier journal. Cette simple occupation lui donna du courage.

— Roman n'est pas là ?

— Il est sur un chantier.

Enfin, Anna avait parlé. Rosa se lança.

— Vous savez que Lino est sorti ?

C'était davantage une affirmation qu'une question, et Anna se contenta de cligner les yeux. Rosa poursuivit.

— Je voulais vous dire que... Je ne vous en veux pas d'avoir cru que Lino avait... Je peux imaginer ce que vous avez traversé. Et je prie... Je prie pour qu'ils arrêtent le coupable le plus vite possible. C'est insupportable l'idée que ce type soit dans la nature. Et si vous avez besoin d'argent, je peux... Si je peux vous aider, je vous promets que je le ferai.

D'un geste nerveux, Anna reposa le long chat rouge aux moustaches de laine qu'elle venait d'attraper. Son visage se crispa, elle se tourna vers son ancienne patronne pour lui répondre. Mais ses larmes allèrent plus vite et la surprirent, lui interdisant toute parole. Rosa sentit ses propres yeux se mettre à perler.

— Ça va aller ? Vous voulez un verre d'eau ?

À cet instant, comme s'il avait été appelé à l'aide, un énorme chat siamois pénétra dans le salon, forçant Rosa à s'écarter. Allure de dominateur, le félin alla se frotter contre les jambes d'Anna comme s'il savait, lui, comment la consoler. La jeune femme ravala ses larmes. Elle se mit à parler.

— Je voudrais savoir. Qu'est-ce qu'ils vous ont dit les flics ?

— Ce qu'ils m'ont dit ?

— Comment ça s'est passé, exactement, ils vous ont tout expliqué ?

— Tout, oui.

Fermant les yeux, Anna se concentra pour réussir à cesser de pleurer, enfin, tout à fait. Elle trancha :

— Les flics savent que c'est lui.

— Pardon ?

— À nous c'est ce qu'ils ont dit. Ils savent que c'est Lino.

— Vous pensez vraiment qu'ils l'auraient libéré s'il avait… ?

Rosa ne parvenait pas à le dire.

Anna secoua la tête. Elle s'empara de la parole comme si se taire, maintenant, était devenu impossible.

— Je vais vous raconter. Je vais vous raconter comment ça s'est passé.

— Je sais déjà tout, Anna.

— Vous m'écoutez quand je parle ? Je veux vous raconter, moi. C'est pour ça que vous êtes ici, non ? Pour que je vous parle. Et je vais vous parler. Je vais vous parler maintenant.

Le chat s'allongea aux pieds d'Anna en miaulant, comme pour l'encourager. Elle raconta.

— Cette nuit-là, la nuit de… Roman était sur un chantier. Il ne devait pas rentrer du week-end.

— Je sais.

— C'est ma sœur qui gardait Martin, le temps que je rentre du restaurant. Elle habite en face, mais elle le gardait ici. Martin m'attendait dans son lit, comme à chaque fois, il voulait toujours m'attendre pour me dire bonne nuit. Je l'ai embrassé rapidement et j'ai fermé sa porte. Je pouvais pas savoir… Je ne savais pas que ce serait la dernière fois que…

Anna ferma de nouveau les yeux, fort, avant de se reprendre.

— Ma sœur est rentrée chez elle, elle s'est couchée. Comme moi. Moi aussi je me suis couchée. Avec la grossesse, j'étais épuisée. Je me suis endormie tout de suite. Et j'ai rien entendu. Rien du tout. Les flics pensent que Lino est venu vers trois heures du matin.

— Je ne peux pas vous laisser dire ça.

— Il avait le code. Le code de l'immeuble. Il est rentré dans la cour. Il a été frapper à la fenêtre de Martin.

— Non, Lino n'est pas venu. Je ne peux pas vous en vouloir d'avoir douté, Anna. Enfin, je vous en ai voulu sur le coup, et Lino aussi vous en a voulu. Mais je sais que la douleur peut…

— Vous ne savez rien du tout.

— Lino a été libéré. Les flics vont trouver le coupable, c'est une question de jours.

Anna secoua de nouveau la tête, de plus en plus tendue. Elle reprit :

— On ne peut pas savoir ce que Martin a pensé à ce moment-là. On ne peut pas savoir s'il a été surpris dans son sommeil, s'il était endormi ou réveillé. Peut-être même qu'ils avaient rendez-vous tous les deux, Lino et Martin. C'est ce qu'a dit un flic. Vu qu'ils se connaissaient bien.

— Je ne peux pas entendre ça. Je suis désolée. Je suis vraiment désolée pour Martin.

— On ne peut pas tout savoir, Rosa, c'est ce que les flics ont dit. Parce que personne n'a rien vu. Et moi je dormais pendant que… Je vais vous montrer comment c'est fait, sa chambre. Je ne supporte pas d'y aller, mais… J'aurais dû vous montrer avant. C'est là.

Le chat se releva et Anna ordonna à Rosa de la suivre dans un couloir mauve jusqu'à une porte fermée qu'elle ouvrit comme on descelle un sarcophage. Avant d'entrer, elle jaugea une dernière fois Rosa. Puis, avec précaution, elle pénétra dans la chambre de son petit enfant mort.

Ici, quelques cartons de déménagement vides avaient été posés contre un mur, mais rien n'avait encore été emballé. Les jouets patientaient sur les étagères, quelques peluches en vrac sur le lit, des palmes de plongée par terre, des chaussures, des vêtements. Anna demanda à Rosa de se rapprocher d'elle.

— C'est cette fenêtre. Elle est intacte, vous voyez. Les flics l'ont photographiée cent fois. Elle n'a pas été forcée. Martin savait qu'il n'avait pas le droit d'ouvrir la nuit. Alors s'il a ouvert, c'est qu'il ne se méfiait pas. Il devait très bien connaître l'homme qui l'attendait. J'ai retourné les choses dans tous les sens. Martin a dû mettre ses chaussures en vitesse, il est sorti comme ça, en tricot, peut-être parce qu'on lui a demandé de se presser. Ça non plus on ne peut pas le savoir. Mais Martin est monté sur cette malle, il a ouvert la fenêtre, les volets, et il est sorti. Il a suivi Lino. Il a traversé la cour, il a quitté l'immeuble. Il a suivi Lino jusque dans la rue, jusque sur la plage.

C'était comme si du goudron avait pénétré les oreilles de Rosa. Elle ne parvenait plus à entendre l'invraisemblable récit d'Anna qui continuait sans fléchir.

— On nous a dit qu'il n'a pas été violé cette nuit-là. Et que c'est pour ça, pour l'ADN, on ne peut pas être sûr. Et puis il y a eu l'humidité des galets, et ce couple qui l'a trouvé, et qui a d'abord cherché à le ranimer. Comment on peut abandonner un enfant, comme ça, en pleine nuit ? Qui est capable de faire ça ?

— Anna, je vous jure que Lino n'a pas pu faire ça.

— Roman, lui, il ne veut plus en parler. Il veut juste travailler. Il se tue au travail. Il n'en parle pas mais il pense qu'à ça. Il s'en veut parce qu'il n'était pas là. Parce que je lui avais demandé cent fois de déménager pour ne plus être au rez-de-chaussée. Moi, je ne travaille pas. J'ai besoin de parler. J'ai besoin de savoir. Comment c'est possible de se briser la nuque juste en tombant ? Il est tombé des tas de fois en jouant, il ne s'est jamais brisé la nuque. Les flics disent qu'il a dû se débattre. C'est pour ça qu'il est tombé. Il s'est débattu et Lino l'a poussé hyper fort pour le faire tomber.

— Mais pourquoi Lino serait libre si…

— L'avocate ! Vous l'avez payée cher votre avocate, non ?

Anna avait haussé la voix avec tant de rancœur que Rosa n'osa plus l'interrompre.

— Martin, il ne voulait pas aller plonger avec Lino ce jour-là. Mais je n'ai pas fait attention à ce qu'il disait. Il avait été capricieux toute la matinée. Il ne voulait pas y aller. Ça faisait plusieurs fois qu'il ne voulait pas. Alors je l'ai forcé. J'ai obligé mon fils à aller avec le vôtre. J'ai eu peur que vous soyez fâchée si je l'emmenais pas. Je pensais que vous voudriez plus me donner la place à votre hôtel. Lino est tellement prétentieux avec cet hôtel. Roman, lui, il supportait plus Lino, toujours à se vanter. Trois-étoiles, trois-étoiles… On aurait dit qu'il allait tenir un palace… Ils vous ont dit les flics pour les photos ?

Rosa baissa les yeux.

— Je vais vous laisser, Anna. Si vous avez besoin d'aide, je…

La souffrance d'Anna était plus profonde, plus terrible que tout. Et Rosa n'avait plus d'autre choix que de la quitter, maintenant. Rebrousser chemin, longer le couloir en sens inverse. Esquiver le chat siamois, manquer de trébucher. Traverser le salon, franchir l'entrée. Fuir l'enfer.

Cet immeuble, Rosa n'aurait jamais dû y entrer. Elle aurait voulu le détruire. Qu'il n'ait jamais existé. Qu'il retourne à l'état de poussière. De néant. Cependant le bâtiment était là, en face d'elle, presque contre elle. Elle ne parvenait pas à en détacher ses yeux. Comme si les paroles d'Anna avaient réussi à l'aimanter à ces murs, à cette porte, à ces volets. Accusations qui se répétaient en boucle, dans l'esprit de Rosa, comme si elle en avait été infectée, comme si elle en était mourante. Et elle pouvait encore les ressentir dans son ventre, dans son cœur, chaque phrase de la jeune femme, la description de l'enlèvement, la fenêtre ouverte, le parcours jusqu'à la plage, jusqu'à la mort. Rosa se souvenait de chacun des mots. Elle les visualisait : un adulte et un enfant sortant de l'immeuble et s'en allant, dans la nuit, à pied, vers une plage à l'écart de la ville. Se promenant, côte à côte, sans que personne ne les voie. Rosa visualisait tout, Rosa ressentait tout. Et elle avait la sensation que toutes ces images massées en elle l'aspiraient. Qu'elles lui ordonnaient de se remettre en route. Même si ses jambes malades ne lui permettaient pas une progression fluide. Même si, marchant, s'éloignant, allant longer la mer, même si elle résistait. Rosa se mit en route sans pouvoir s'en empêcher. Et elle aurait dû le faire plus tôt. Reproduire le trajet d'un adulte et d'un enfant déambulant vers le crime.

Enfin, après plus d'une heure et demie de marche, au bout d'une rue en sens unique, Rosa tourna à gauche et s'arrêta. Elle y était. Martin Sopak était mort là. Sur les galets de cette plage. À l'écart du centre de la ville. C'était bien là que Rosa avait voulu se rendre. Là, exactement, où elle était. Elle prit son temps pour sonder la zone en détail, comme si la topographie pouvait lui révéler tous ses secrets. Longtemps, elle en observa les galets, comme s'ils allaient parler. Longtemps, elle observa la mer contre les galets, comme si elle allait avouer. Et le vent. Et le ciel bleu.

La plage était déserte. C'était un endroit peu apprécié, peu fréquenté. Trop noirci par les algues. Trop près des décharges. Rosa décida d'y descendre. Elle avait besoin de s'asseoir de toute façon. Elle avait trop marché. Elle devait reposer ses jambes. Elle s'installa à même les galets gris. Les galets, humides et froids, qui se déployaient désormais tout autour d'elle. Et sous elle. Les galets que la mer ne cessait de laper, là, pareille à une langue de louve goûtant ses tout-petits. Rosa y plongea ses doigts, dans ces galets. Elle en éprouva l'humidité froide, la rigidité de leur texture froide, tandis que des visions lui venaient, sinistres, impénétrables. Tout ce qu'elle n'avait pas vu. Tout ce que personne n'avait vu. Cauchemars qui l'obsédaient. Qui l'attaquaient. Jusqu'au vertige.

Pour éviter de tomber, Rosa serra plus fort les galets entre ses doigts, enfonçant ses mains dans la masse, enfonçant ses poignets, ses bras.

Si elle avait pu, son corps entier, Rosa l'aurait enterré.

21

Le lendemain, Rosa se leva tôt. Pour la première fois depuis des semaines, elle se rendit dans un kiosque à journaux et acheta toute la panoplie de la presse locale. Elle commença par lire les tirages papier, puis les éditions électroniques. Pendant une heure, elle ne fit que ça, parcourant les articles en diagonale sans s'attarder sur les analyses politiques ou économiques. Elle ne cherchait pas à connaître le nombre de conflits mondiaux, d'attentats, de crises. Ne cherchait pas à mémoriser les dates des prochains événements culturels ou politiques ou autres festivités. Elle cherchait parmi les brèves. Parmi les faits divers. Ce qu'elle voulait, c'était avoir des nouvelles. Des nouvelles de l'enquête.

Depuis que Lino était sorti de sa détention provisoire, cette histoire à laquelle Rosa avait participé se poursuivait sans elle, en parallèle. Il lui paraissait urgent de savoir si les flics avaient progressé. Si, oui ou non, son fils était tout à fait sauf. Comme s'il ne l'était pas. Comme si elle-même ne l'était pas. Comme si personne ne l'était. Comme si Lino allait repartir. Comme si, de nouveau, elle allait sombrer. Depuis qu'elle savait qu'un troupeau de flics pouvait surgir à tout moment pour rafler ce qu'elle aimait. Depuis que, chaque nuit, son sommeil se déchirait.

Sa lecture ne lui apprit rien de neuf.

Elle terminait de jeter les journaux inutiles quand Lino entra dans la cuisine pour prendre son petit déjeuner avec elle. Élégant malgré sa chemise devenue trop large, le jeune homme s'était déjà douché, prêt à partir à l'hôtel. Il embrassa sa mère sur la joue, l'invitant à humer l'odeur rassurante du savon sur son visage. Elle tenta d'évacuer de son esprit sa déception de n'avoir rien appris dans les journaux.

— Tu es rentré tard hier soir, Lino ?

— J'ai fait pire. Deux heures, je crois.

— Tu étais avec Marina ?

— Avec des amis.

— Tu vas t'épuiser, chéri.

— Je n'arrive pas à dormir de toute façon.

— Fais-toi prescrire des somnifères.

— Ça me fait rien.

— Tu as essayé ?

— On m'en a donné en prison. Des doses de cheval, soi-disant.

— Va voir un médecin, Lino, s'il te plaît.

— Je vais le faire.

Rosa l'observait boire son café à petites lampées. Il était livide. Avant qu'elle n'ait le temps d'insister, il changea de sujet.

— Je l'aime bien ce café. Il est doux.
— C'est Hassan qui me l'a conseillé.
— Hassan Hadji ? Tu as de ses nouvelles ?
— Sa fille vient d'accoucher à Casa.
— Il viendra travailler avec nous, tu crois ?
— Je ne sais pas, chéri.
— J'ai toujours eu du mal à le cerner.
— Il viendra, je pense.
— On verra. Tu pourrais aller commander les serviettes et les draps ce matin ? Si tu te sens assez bien, ça aiderait.
— On les fait broder au nom de l'hôtel finalement ?
— Vois si tu peux négocier le prix.

Lino avala la dernière goutte de son café. Juste avant de sortir, il hésita avant de poser sa question.
— Tu es allée voir Anna ?
— Non.

Il eut l'air de la croire, et quitta la pièce sans commenter.

Rosa n'aurait pas dû spécialement passer devant le commissariat pour se rendre au magasin qui allait lui vendre le linge pour l'hôtel. Mais rien ne la pressait. Elle savait ce qu'elle voulait, elle avait déjà rencontré les vendeurs, choisi les modèles. Tout serait blanc, les serviettes et les draps, blanc comme les murs, comme les méduses. Rosa n'aurait pas dû faire un détour mais elle en fit quand même un. Jusqu'au commissariat. Où elle s'arrêta. À quelques pas de l'entrée.

Elle alluma une cigarette et, pendant quelques

minutes, elle observa les gens entrer et sortir du grand bâtiment. Ne distingua aucune tête connue. Elle étudia, en fumant, les flics qui circulaient, de toutes tailles et de tous âges et toutes origines. Aucune tête connue. Elle aurait bien aimé que, d'un jet de fumée de sa cigarette, le capitaine Li apparaisse. Il n'apparut pas. Elle ne patienta pas plus longtemps. Elle jeta son mégot et quitta les lieux pour aller commander le linge, comme elle l'avait promis à son fils.

Dès le lendemain matin, Rosa retourna devant le commissariat. Elle téta une cigarette. Elle attendit. Au bout d'une heure, elle se décida à entrer, passant de l'autre côté de la porte vitrée comme on traverse un pont suspendu à un fil. Dans le hall saturé de néons, derrière un panneau rempli d'avis de recherche, elle entrevit le visage d'un flic plus familier que les autres. Elle se rapprocha de lui.

— Le capitaine Li est là aujourd'hui ?

— C'est pour quoi ?

— Je voudrais le voir. S'il est là.

— Je vais le prévenir. Vous pouvez attendre ici, madame Messina.

« Madame Messina ». Rosa tressaillit d'avoir été identifiée avec autant de facilité, de n'avoir pas à batailler. Et son trouble s'amplifia quand elle vit arriver le capitaine. Elle n'avait pas imaginé qu'il serait si simple de le voir, cette fois, si rapide. Il ne paraissait pas étonné de sa présence.

— Vous voulez un café, madame Messina ?

— Non merci. Je passais rapidement.

— Il m'en faut un sinon je vais tomber.

Il l'invita à le suivre jusqu'à la machine.

— Qu'est-ce que je peux faire pour vous, madame Messina ?

— Je me demandais si vous aviez une piste. Pour le meurtrier.

— Une piste…

— On serait plus tranquilles s'il était arrêté, non ?

— Certes. Je pourrais passer des nuits complètes.

— Donc vous continuez à le chercher ?

— Qu'est-ce que vous croyez ?

— Je ne sais pas ce que vous faites exactement.

— On cherche, madame Messina. Si ça ne tenait qu'à moi, le type serait en prison depuis longtemps.

— Pour combien de temps ?

— Si vous voulez mon avis, ils n'y restent jamais assez longtemps.

— Il paraît qu'il y a des traitements efficaces contre…

— Ça vous intéresse la castration chimique ?

— Pas spécialement.

— Difficile d'empêcher un violeur d'enfants d'arrêter de penser à ce qu'il a envie de faire par-dessus tout.

— Il faut quand même chercher un remède, non ?

— Vous êtes venue pour me parler de ça ?

Encore une fois, l'autorité du flic la glaça. Elle secoua la tête sans montrer qu'il la déstabilisait. Non, elle n'était pas venue parler de « ça ». Elle ne savait d'ailleurs pas pourquoi elle avait abordé ce sujet, alors qu'elle n'y avait jusqu'ici jamais songé. Elle se hâta de mettre un terme à la conversation.

— Vous pourrez me tenir au courant ?

Li avala son café sans répondre et posa ses yeux sur le bandage de la jambe gauche de Rosa, visible à travers le collant de contention noir.

— Vous avez eu un accident ?

— Ce n'est rien.

Li la jaugea encore avant de s'excuser. On l'appelait à l'entrée du commissariat, et, sans lui promettre de donner des nouvelles de l'enquête, il jeta son gobelet vide et il s'éloigna. Rosa dut se contenter de l'observer traverser le hall pour aller à la rencontre d'une femme et d'une fillette de trois ou quatre ans qui sauta dans ses bras en riant, sa longue natte brune volant autour d'elle comme un serpentin festif.

Rosa n'avait jamais imaginé que Li puisse avoir sa propre famille. Sa femme, son enfant. Son monde à lui à protéger, à aimer. C'était un homme nouveau qui venait d'apparaître sous ses yeux, un époux, un père tendre. Li embrassait la fillette sur le nez pour la faire rire, et l'enfant l'embrassait en retour. De leur complicité émanait un amour d'une pureté indicible. Rosa sentit son cœur se briser d'envie.

Quelques instants plus tard, Marc lui ouvrit la porte de son appartement en pyjama. Il l'attendait, heureux de la voir chez lui pour une fois. À cause de ses horaires nocturnes au Tangerina, il se levait toujours à midi et n'avait pas encore eu le temps de se préparer. Il l'accueillit d'un baiser plein d'odeurs de croissant.

— Je suis avec ma mère. Tu veux un café ?

— Plutôt une bière fraîche.

Conquis, Marc disparut dans la cuisine et Rosa salua la vieille dame aux cheveux roux qui lui souriait.

— Comment tu te sens, Rosa ?

— Je boite un peu, mais tant que je peux encore marcher… Et vous ?

La mère de Marc déplia son genou pour lui prouver son bon rétablissement.

— Je vais aller à la plage tantôt.

— C'est une bonne idée.

— Je vais bientôt rentrer à la maison.

— On est toujours mieux dans son cocon, non ?

— Tu connais chez moi, Rosa ?

— À Lorgues ? Non, pas très bien.

— Tu n'es pas de la région.

— Je vis à Nice depuis trente ans. Mes parents sont italiens. De San Remo.

— Ils y vivent encore ?

— Ils sont morts.

— Moi aussi je vais mourir.

— Il ne faut pas dire des choses comme ça.

— Je vais rentrer chez moi de toute façon. Je vais vous laisser tranquilles avec Marc.

— Vous ne nous dérangez pas.

— Pas la peine d'être gentille, Rosa. Mon fils me reproche assez souvent d'être un pot de colle de soixante kilos. Il ne se rend pas compte de ce que c'est que d'être vieux.

— Vous savez bien que Marc ne vous laissera jamais.

— Ce qu'il dit. Mais qui connaît l'avenir ?

De retour, Marc tendit une cannette de bière à Rosa et sermonna sa mère.

— Maman, arrête de la saouler.

— On papote.

— J'imagine.

Il attrapa la main de Rosa pour l'entraîner dans le couloir. Juste avant d'ouvrir la porte de sa chambre, il se tourna vers elle, l'air content de sa blague.

— Je t'ai dit que j'avais une surprise pour toi ?

— Non… Qu'est-ce que c'est ?

Et il ouvrit en grand d'un coup, écartant ses bras comme un magicien, dévoilant un lit immense en plein milieu de la pièce. Un lit flambant neuf, revêtu d'une parure de draps beige assortie aux murs.

— Il est arrivé hier soir. Super King Size. On peut en mettre au moins quatre comme moi dedans. Ça te plaît ?

— Faudrait être difficile pour ne pas aimer.

— On l'essaie ?

— Ta mère est à côté.

— Ça lui fera plaisir de t'entendre jouir. Elle saura que tu vas bien.

— Tu es bête.

— Quoi ? Ça fait deux heures que je rêve de te faire l'amour là-dedans.

Après avoir refermé la porte, Marc entraîna Rosa sur

le lit en l'embrassant. Et il était de si bonne humeur qu'elle n'osa pas le refréner, se dépêchant de poser sa bière pour ne pas la renverser. Marc était pris d'un désir délirant et elle le laissa retirer ses collants de contention, sa robe, sa culotte. Malgré sa hâte il prenait soin de ne pas la blesser, épargnant ses pansements, contournant ses blessures.

— Si je lèche là, tu aimes ?

— …

— Donne-moi des ordres, Rosa. Là, ça te plaît ?

Mais elle n'arrivait pas à entrer dans son jeu. Elle se redressa, obligeant Marc à se détacher d'elle. Il eut l'air surpris.

— Qu'est-ce que tu as ? J'ai dit quelque chose qui… ?

Elle hésita, et finit par lui avouer :

— Je suis passée au commissariat tout à l'heure.

— Pour quoi faire ?

— Je voulais voir si… Tu n'as jamais cru, toi, que Lino était coupable ?

— Pourquoi tu me demandes ça, Rosa ?

— Réponds-moi.

— Tu ne sais pas ce que je pense ?

— Tu as toujours soutenu Lino.

— Bien sûr que je l'ai soutenu. C'est ton fils.

— Ce n'est pas une raison. Tu aurais pu douter toi aussi. Il y en a qui ont douté.

— Si je commence à douter de ton fils, tu vas m'en vouloir, non ?

— Quoi, tu as douté ou tu n'as pas douté ?

— Non.

— On dirait que tu veux dire oui.

— Tu es compliquée Rosa, oh ! Je te dis que non. Tu ne crois pas que ton fils l'a fait, si ? Alors moi non plus.

— Comment ça ? C'est parce que je n'y crois pas que toi non plus ? Mais si j'avais douté, tu aurais douté aussi, c'est ça ?

— Tu commences à me faire chier, Rosa.

— Mais tu l'apprécies ?

— Qui, Lino ?

— Oui, mon fils.

— Bien sûr que je l'apprécie. Il est tout comme toi, beau, entreprenant… Et surtout, c'est un enthousiaste.

— Tu me trouves enthousiaste ?

— C'est une chose que j'adore chez toi. Tu es comme une enfant, tu t'émerveilles de plein de petits trucs.

— Comme tout le monde.

— Non, pas comme tout le monde.

— Alors tu l'aimes bien.

— Je l'aime bien, oui, mais c'est surtout toi que j'aime bien.

— Tu m'aimes *bien* ?

— Quoi ? Tu veux que je te montre comme je t'aime bien ? Regarde comme je t'aime bien.

Et il enfouit sa tête dans le cou de Rosa, la caressant, s'interrompant quand il comprit qu'elle ne le suivrait pas. Elle le rassura comme elle put, en chuchotant.

— Tu sais que tu es le premier.

— Le premier ?

— Avec qui j'y arrive.

— Qu'est-ce que tu veux dire ?

— Juste ça. Avec toi, Marc, j'arrive à jouir. Beaucoup.

Alors Marc l'enlaça, ému, et elle répondit à son étreinte les yeux fermés, s'efforçant de repousser toutes les images qui la hantaient, qui l'assaillaient, le crime qu'elle n'avait pas vu, le crime que personne n'avait vu. Rosa répondit aux caresses de son amant, se conditionnant pour ne plus penser à rien.

Faire le vide.

22

Ce que Rosa aurait voulu, c'était que l'enquête avance. Que le coupable soit arrêté. Qu'on en finisse. Que tout finisse. Être lavée de cette attente, de cette tension qui, sans discontinuer, laminait son ventre. Voilà ce qu'elle aurait voulu.

Suivant son rituel, de retour chez elle, avant de se coucher, elle inonda ses jambes d'eau glacée. Sous son genou gauche, la tache était encore là, plus grande. Vaisseaux rouges et vaisseaux violets s'y entremêlaient comme des racines brûlantes. L'eau parvint à l'apaiser quelques instants, le froid à l'anesthésier. La douleur revint dès que Rosa stoppa le jet. Trois-cent soixante-cinq veines. Trois-cent soixante-cinq veines malades.

Quand elle entendit Lino rentrer dans l'appartement, elle se dépêcha d'enfiler un peignoir pour aller à sa rencontre.

— Tu rentres déjà, chéri ?

— Je veux me coucher tôt.

— Tu as dîné ?

— J'ai grignoté un truc au chinois.

Il alluma une cigarette et sortit un paquet de sa poche.

— Je t'en ai pris un.

— C'est adorable. Tu m'en allumes une ? Je sors de ma douche.

Obéissant, il se détourna pour cacher ses mains fébriles autour de la flamme. Lorsqu'il tendit la cigarette allumée, sa voix parut plus rauque.

— Ils livrent l'aquarium demain après-midi à l'hôtel. Tu viendras ?

— Bien sûr que je viendrai.

— J'ai prévenu Marc.

— J'ai hâte de le voir, ce grand bocal.

Lino eut l'air touché par cette déclaration, et ils continuèrent à tirer sur leur cigarette, laissant les fumées se fondre l'une en l'autre. Tout près de lui, Rosa pouvait ressentir les tremblements de son fils qui, par un effet miroir, gagnaient ses propres mains.

— Tu as vu le médecin, Lino ?

— Pas eu le temps.

— Tu n'as pas le temps pour plonger non plus.

— J'y pense même pas.

— Je vais t'aider plus à l'hôtel, chéri. Je veux vraiment t'aider plus.

D'un signe de tête, il désigna les jambes de Rosa comme pour la ramener à la réalité. Mais, sûre d'elle, elle le rassura.

— C'est en train de guérir.

Il n'eut pas l'air convaincu.

Puis le téléphone de Lino sonna, et elle le vit grimacer en découvrant l'identité de la personne qui cherchait à le joindre. Il rejeta l'appel si rapidement qu'elle ne put s'empêcher de le questionner.

— Qui c'était ?

Un instant, elle eut l'impression qu'il avait honte de prononcer le nom. Il finit par lâcher l'information du bout des lèvres, avec dégoût.

— C'est Roman.

Pour le prouver, Lino tendit son téléphone qui s'était remis à sonner. Sur l'écran, le nom du père de Martin, Roman Sopak, clignotait. Sidérée, Rosa eut du mal à articuler.

— Pourquoi tu ne réponds pas, Lino ? Il a peut-être quelque chose d'important à te dire.

Mais Lino coupa son téléphone pour de bon.

— Quoi ? Tu crois qu'il n'a rien à te dire ?

— Il dit toujours la même chose.

— Je ne comprends pas, chéri. Ce n'est pas la première fois qu'il cherche à te joindre ?

— Non.

— Comment ça ? Il t'appelle souvent ?

— Des fois.

— C'est-à-dire, Lino ? Depuis quand ?

— Depuis que je suis sorti.

— Et tu ne lui as jamais répondu ?

— Une fois j'ai décroché.

— Et ?

— Il était bourré.

— Mais il voulait quoi ?

— Ce qu'il voulait ?

Lino fit claquer sa langue, comme si la réponse était évidente. Mais, pour Rosa, rien n'était évident.

— Il voulait quoi, Lino ? Dis-moi.

— Tu le sais bien, non ?

— Non, je ne sais pas.

Rosa n'arrivait pas à comprendre le détachement de son fils. Elle commençait à s'énerver de devoir l'assommer de questions.

— Pourquoi tu ne m'en as pas parlé, Lino ?

— Je ne voulais pas t'inquiéter.

— Dis-moi ce qu'il t'a dit exactement.

— Putain, maman, ça me prend la tête que tu flippes comme ça. Je voulais pas t'en parler, je savais que tu allais péter un câble.

— C'est trop tard maintenant.

— Tu veux vraiment savoir ?

— Oui.

— Il veut que je retourne pourrir en taule, voilà ce qu'il veut.

— Il t'a menacé ?

— Ça, il en a craché des menaces. Il est tout le temps bourré.

— Tu aurais dû m'en parler, Lino.

— Bon. Je suis crevé, maintenant. Je vais me coucher.

— Moi aussi je suis crevée.

— Alors va te coucher aussi.

Lino semblait déjà prêt à oublier la conversation. Mais Rosa, elle, n'en revenait toujours pas.

— On devrait appeler l'avocate, Lino.

— Qu'est-ce que tu veux qu'elle fasse ?

— Il n'a pas le droit de te menacer comme ça.

— Mmh.

— Quoi « Mmh » ? Tu ne te sens pas concerné on dirait.

— Il faut vraiment que je dorme, maman. Ils livrent l'aquarium demain, c'est important pour moi.

— Je sais que c'est important.

Il s'éloigna d'elle pour aller écraser son mégot. Et elle sut qu'elle ne tirerait rien de plus de son fils.

23

Le lendemain matin, dès que Lino fut parti à l'hôtel, elle ajouta trois sachets de vitamine C à ses médicaments. L'insomnie l'avait défigurée. Elle longea les murs en évitant les miroirs.

Elle alluma une cigarette. Elle appela l'avocate.

— C'est Rosa Messina.

— Comment va votre jambe ?

— Je suis debout. Vous avez des nouvelles de l'enquête ?

— Rien de neuf.

— Il n'y a pas de nouvelle piste ?

— Zéro.

Rosa recracha la fumée. Les réponses que lui donnait l'avocate n'étaient pas celles qu'elle aurait voulu entendre. Elle enchaîna :

— On a un souci. Avec le père, avec Roman Sopak.

— Qu'est-ce qui se passe ?

— Il n'arrête pas d'appeler Lino. Il laisse des messages. Des menaces.

— On peut porter plainte.

— Non, je ne veux pas aller jusque-là.

— Alors on peut déposer une main courante. Ce n'est pas comme une plainte mais au moins la police sera informée. Ça peut suffire à calmer Sopak.

— Je ne sais pas.

— Ses menaces sont violentes ?

— D'après Lino, oui.

— Vous pensez qu'il peut passer à l'acte ?

— Anna est enceinte, il va avoir un enfant, un autre enfant. Il ne va pas faire n'importe quoi.

— Je vous conseille quand même de le signaler, madame Messina.

— Pourquoi ils sont persuadés que Lino a... ? Pourquoi ils s'acharnent ?

— Tant qu'on n'aura pas le coupable, il y aura toujours un doute.

— Mais Lino a été libéré. Il est libre. Il n'y a plus de doute à avoir.

— Je dois vous laisser, madame Messina. Tenez-moi au courant si vous changez d'avis pour la plainte.

L'avocate écourta la conversation et Rosa regretta de ne pas avoir eu le temps d'insister davantage. Un sentiment d'abandon se mit à l'envahir.

En allant prendre sa douche, elle s'arrêta devant la chambre de Lino. Cela faisait plusieurs jours qu'elle n'y avait pas mis les pieds. Le désordre qu'elle découvrit la contraria. Elle entra, décidée à faire le ménage. Trier le linge, changer les draps. Vider les cendriers, jeter les bouteilles vides. Soudain, elle ouvrit un tiroir pour en scruter le contenu. Puis, dans la foulée, tous les tiroirs de son fils furent soumis à sa fouille. Elle y trouva des factures, des feuilles à rouler. Des cahiers de comptes, des affaires de plongée. Rien que des objets habituels. Rien que du désordre familier. Pourtant Rosa fouilla encore, comme l'enquêtrice qu'elle n'aurait pas voulu être, comme la flic qu'elle n'aurait pas voulu devenir. Sous un tas de tickets de caisse, elle dénicha une douzaine de photomatons. Des clichés de Lino photographié seul, des autoportraits. Visage livide, sur chacune des images. Ces photos avaient le même format que celles qu'il avait prises avec Martin, celles que les flics avaient montrées à Rosa le jour de l'arrestation. Mais, à son teint et à sa maigreur, Rosa pouvait en déduire que Lino s'était photographié après sa détention. Sur un grand nombre de photos, les yeux du jeune homme ne fixaient pas l'objectif. Lino regardait ailleurs, vers l'extérieur du cadre. Quelque chose attirait son regard. À gauche. Hors champ. Parfois son visage était penché en arrière, yeux fermés, concentré. Parfois ses sourcils étaient froncés, ses lèvres entrouvertes. D'autres fois son visage ressemblait à celui d'un chiot endormi que Rosa aurait eu envie de caresser. Elle ne savait pas comment les interpréter ces images. Images qui sous ses yeux paraissaient aussi inoffensives que des peluches, que des coussins. Images qu'elle prit cependant le temps de sonder, une à une, comme si elle avait eu affaire à un code dangereux. Pourquoi Lino collectionnait-il ces clichés solitaires ? Quel plaisir y prenait-il ? Puis Rosa remit tout en place, prenant soin de ne pas laisser trace de son passage. Reprenant sa fouille. Ne découvrant rien de plus.

Rien de plus que ces impressions incompréhensibles qui, lorsqu'elle quitta la pièce, la poursuivirent telle une nuée monstrueuse.

24

Quand Rosa arriva à l'hôtel, les ouvriers étaient en train de démonter les échafaudages. Avec sa façade récurée, sous le soleil, le bâtiment avait des éclats d'iceberg. L'ancienne enseigne avait été décrochée et Rosa ne savait pas pourquoi la nouvelle n'avait toujours pas été posée. Hôtel Gloria. Trois étoiles. Rosa ne posa pas de question. Elle ne voulait pas risquer de trahir la fatigue qui pouvait rendre son élocution confuse, et elle tenta d'adopter une attitude professionnelle pour aller saluer les travailleurs, pour les féliciter. À l'intérieur, quelques bâches en plastique traînaient sur le sol rénové. Elle les enjamba avec maladresse. Puis, ses narines attaquées par l'odeur de térébenthine, elle l'aperçut enfin, là, derrière le nouveau comptoir blanc : le grand aquarium de son fils. Il venait d'être installé, flambant neuf, et Rosa le découvrit comme s'il s'agissait d'un coffre à bijoux appartenant à un roi irréel. Cependant ce joyau était bien là, bien réel. Il occupait tout un pan de mur et il était rempli d'eau. Il brillait. À côté, Lino était en train de discuter avec Marc et deux inconnus. Rosa se rapprocha d'eux, intimidée, comme si elle craignait de briser tout l'enchantement. Lorsque Lino l'aperçut, il l'accueillit d'un sourire.

— On t'attendait.

Rosa lui rendit son sourire, et Lino invita les hommes à se mettre à l'œuvre. Ensemble, ils ouvrirent un grand bac dont ils extirpèrent les méduses une à une, s'en emparant à l'aide de filets avant de les immerger dans l'aquarium le plus rapidement possible. Elles étaient au nombre de douze. Douze méduses qui plongèrent parmi les bulles éclairées au néon, se mélangeant, créant des courants nouveaux, d'abord complètement collées, engluées les unes aux autres, puis s'écartant, s'ordonnant et s'alignant, voguant de bas en haut, soudain curieusement synchrones. Comme des sœurs, les douze montaient et descendaient, emmêlant leurs tentacules, glissant, se frottant, spectres infatigables réitérant leur trajet sans cesse, grimpant, redescendant, lancées dans une danse à la chorégraphie aussi parfaite que surnaturelle. En apesanteur.

Rosa lâcha :

— C'est magnifique.

Ému lui aussi, Marc célébra son enthousiasme en l'embrassant sur les cheveux. Et elle se mit à dévisager son fils dévisageant les méduses. La façon dont il les contemplait, aussi captivé que s'il était face à ses propres créations. La façon dont son visage en attrapait les lueurs. La façon dont il était ébloui par leur beauté, lui aussi. Marc ne put s'empêcher de le taquiner.

— Je suis sûr que tu aimerais plonger avec elles là-dedans.

— C'est clair.

— Tu es pas un peu fou, Lino, non ?

Marc éclata de rire et Rosa ne parvint plus à détacher ses yeux des mains tremblantes de son fils, des secousses qu'il tentait de contenir en serrant ses poings contre ses cuisses. Soudain, ses mains parurent aussi livides que le corps des méduses, et la gorge de Rosa commença à brûler. Elle était exténuée par toute cette scène et par toutes ces journées, toutes ces nuits qui venaient de s'écouler comme autant de flaques fauves. Bouleversée par son fils qu'elle trouvait beau, adorant depuis toujours la forme de son visage et sa peau souple, sa peau immaculée. Elle se mit à pleurer.

Lino se rapprocha d'elle.

— Ça va, maman ? Qu'est-ce que tu as ?

— Rien… Excuse-moi, chéri.

— Tu as mal aux jambes ?

— Non.

— Dis-moi.

— C'est juste que… Tu en as tellement rêvé de cet aquarium. Te voir là à côté, c'est…

Touché, Lino entoura sa mère de son bras, la frictionnant d'un geste consolateur.

— Ça te plaît ?

— C'est comme tu l'avais décrit.

— Et toi Marc, tu aimes ?

— J'adore. Vous êtes comme deux gosses, tous les deux.

Alors Rosa se rendit compte que des ouvriers les espionnaient dans leur coin. Deux d'entre eux étaient pris d'un fou rire qu'ils tentaient de dissimuler, et elle était certaine qu'ils se moquaient d'elle et de son fils, méprisant leur adoration des méduses. Mais elle préféra ne rien dire, ne pas sermonner, ne pas reprocher. Elle posa de nouveau ses yeux sur Lino. Maintenant les spécialistes expliquaient à son fils comment entretenir l'aquarium. Il buvait leurs paroles.

Pendant tout le temps que dura l'installation, Rosa ne lâcha pas Lino du regard. Comme si, à force de l'observer, elle allait finir par découvrir de lui tout ce qu'elle ne connaissait pas, tout ce qu'elle ne comprenait pas. Le détaillant comme si ses gestes, ses mains et ses yeux, ses cheveux même, comme si chaque parcelle extérieure de Lino avait possédé le pouvoir de tout dire, tout révéler, sans qu'elle ait besoin de le questionner. Parce qu'elle avait l'impression d'ignorer qui il était. Parce qu'elle avait besoin de le connaître. Lino, lui, se tournait vers elle régulièrement, et il lui demandait, fils attentif, fils aimant, si elle n'était pas trop fatiguée, Rosa, si cela n'aurait pas été mieux qu'elle rentre pour reposer ses jambes. Elle refusait de partir. Elle préférait rester près de lui, lui qui paraissait à la fois de plus en plus doux et de plus en plus étranger. Incapable de le quitter. L'idée même de le quitter la terrifiant comme s'il avait fallu qu'il soit sous ses yeux sans cesse, son fils, sous peine de se désintégrer. Elle restait, l'observant et l'aimant, l'adorant, tandis que, en elle, tout un carrousel d'images et de questions la détériorait. Pourquoi collectionnait-il ces photos d'identité en nombre ? Pourquoi passait-il toutes ses nuits dehors ? Pourquoi Roman s'acharnait-il ? Qui était Lino ? Qui était-il vraiment ?

25

— Masse-moi plus fort.

Rosa formula son ordre pour la troisième fois et Marc finit par s'exécuter malgré sa peur de lui faire mal. Il se mit à pétrir le dos de Rosa qui gémissait, allongée nue sur son lit, dans la chambre de son appartement, les yeux au bord des larmes qu'elle aurait voulu pouvoir verrouiller.

— Tu es nouée de partout.

— Je suis fatiguée.

— Ça t'a fait quelque chose, cet aquarium.

— C'est vrai.

Marc renforça son massage.

— Je t'ai dit que ma mère s'en va demain ?

— Déjà ?

— Je l'ai menacée de la foutre à l'hospice si elle continuait à se plaindre.

— Tu l'as menacée ?

— Elle méritait la fessée, crois-moi.

— …

— Quoi, je te choque, Rosa ? Quand elle fait chier, ça sort tout seul.

— Je n'aimerais pas que mon fils parle de moi comme ça.

— Ça ne risque pas.

— Pourquoi tu dis ça ?

— Tu fais tout pour que Lino t'adore, non ?

— Ça te gêne que je m'occupe de mon fils ?

— Non… Ce serait bien que tu l'oublies des fois.

— C'est toi que je vais oublier.

Rosa avait répondu sèchement, regrettant aussitôt de l'avoir blessé. Il s'écarta d'elle, alluma une cigarette et se mit à parler, bas, presque pour lui.

— On devrait partir en vacances, tous les deux. On t'a offert un voyage en Thaïlande, tu te rappelles ?

— Bien sûr.

— Moi ça me ferait du bien de partir. Même deux jours, on n'a fait ça qu'une fois. Tu avais dit à Lino que tu allais voir une tante, ou une cousine. Tu ne voulais pas lui dire qu'on était ensemble.

— Tu voudrais aller où pendant deux jours ?

— Au lac de Côme.

— C'est romantique.

— Quoi ? Tu ne sais pas que tu sors avec un gros ours mielleux ?

Elle sourit, touchée par sa tendresse, mais elle était incapable de le satisfaire.

— Ça paraît difficile de partir avant l'ouverture de l'hôtel.

— Ton fils se débrouille très bien. Les ouvriers

disent qu'il est droit. Un peu sec et pas drôle. Mais droit.

— Ils disent ça ?

— Le chef de chantier dit qu'il a l'œil aussi. Pour les finitions.

— Il a travaillé comme un dingue sur ses plans.

— On peut le laisser seul trois jours, tu ne crois pas ?

Rosa était sur le point de se rendre à l'avis de Marc lorsqu'elle entendit la porte d'entrée s'ouvrir et se refermer. Elle se dépêcha de recouvrir son corps d'un drap avant que Lino n'apparaisse sur le seuil, l'air exténué. Elle s'inquiéta.

— Ça va, chéri ? Tu rentres très tôt, il y a un souci ?

— Non, je vais me coucher.

Sans autre commentaire, Lino se retrancha dans sa chambre comme s'il n'était jamais apparu. Marc vit Rosa se raidir.

— Tu veux que je reste avec toi, Rosa ?

— Tu as encore une grosse soirée au Tangerina, tu m'as dit.

— Un anniversaire.

— Vas-y.

Marc n'insista pas pour rester, et elle eut le sentiment qu'il avait désormais envie de partir vite. Dès qu'il quitta l'appartement, elle eut besoin d'aller parler à son fils. Elle enfila une chemise de nuit et alla toquer deux fois à sa porte, ouvrant sans attendre d'autorisation, comme à son habitude. Elle découvrit Lino assis sur son lit, son ordinateur portable sur les cuisses. Il leva à peine la tête. Elle s'excusa.

— Je te dérange ?
— Je regarde un film.
— C'est quoi ?
— Une connerie.
— Je peux regarder avec toi ?
— C'est commencé depuis dix minutes.
— Je devrais m'en sortir.

De mauvaise grâce, Lino s'écarta et elle prit place, se lovant au creux de son épaule. Le visage du jeune homme semblait encore amaigri, les cernes autour de ses yeux l'assombrissant tel un grimage funèbre. Rosa aperçut son téléphone posé près de l'aquarium.

— Dis-moi, chéri…
— Ah non, commence pas à parler pendant le film.
— Fais pause.
— Je regarde, là.
— Roman Sopak, il t'a rappelé ?
— Non.
— Ses messages, ils disent quoi exactement ?
— Putain, maman, on peut regarder le film ?
— Fais pause, s'il te plaît. On s'est à peine parlé aujourd'hui.
— On a passé la journée ensemble.
— Fais pause.

De mauvaise grâce, Lino suspendit le cours du film pour se laisser interroger comme on subit un calvaire.

— Pourquoi il continue de te soupçonner comme ça, Lino ?
— Je t'ai dit, maman. Je ne sais pas.

La bouche de Lino s'était arrondie en une moue

infantile et un instant Rosa eut envie de l'enlacer, son fils, plutôt que de le questionner. Elle hésita.

— Pourquoi tu fais des photos, Lino ?

— Quoi ? Pourquoi tu me parles de ça ?

— Je sais que tu en faisais beaucoup avec Martin, mais… Tu continues, non ?

— À faire des photos ?

— Oui, tu continues à te prendre en photo très souvent.

— Pas spécialement, non.

Sans s'énerver, Rosa continua à parler doucement de peur de le braquer de façon irréversible.

— Je les ai vus. Tes photomatons.

— Tu as fouillé dans ma chambre ?

— Pourquoi tu fais toutes ces photos, Lino ?

— Pourquoi tu fouilles dans mes affaires, putain… ?

Lino esquissa un rictus et Rosa sentit son corps se tendre contre le sien. Il articula son explication à voix basse.

— J'ai peur, maman. Je me photographie… Parce que j'ai peur de vieillir.

— Je ne comprends pas.

— Ça me rassure, les photographies. Je ne peux pas expliquer pourquoi. Je garde des traces de moi jeune. Ces photos, c'est comme des preuves.

— Tu dis n'importe quoi.

— Pourquoi ? Parce que j'ai vingt-trois ans, j'ai pas le droit d'avoir peur de vieillir ? Tu me demandes, je te réponds. On peut remettre le film, maintenant ?

Rosa était persuadée qu'il se foutait complètement

d'elle. Pourtant elle ne s'en détourna pas. Un moment encore, elle l'observa. Elle aurait voulu cesser de le harceler. Cesser de le supplicier. Avec précaution, elle poursuivit.

— Ton père, il t'a fait du mal ?

— Quoi ?

— Quand tu étais petit, Lino. Il t'a fait du mal ?

— …

— Il t'a touché ?

— Quoi ? Mais non il ne m'a pas…

— Quelqu'un d'autre t'a fait du mal ?

Lino se mit alors à scruter sa mère comme s'il était sur le point de la haïr. Ses pupilles étaient goudronneuses, fixes, et Rosa ne savait plus si ce qu'elle craignait le plus c'était que son fils lui mente, ou qu'il lui en veuille. Ou, tout simplement, qu'il cesse de l'aimer.

— Je ne comprends pas pourquoi tu fais toutes ces photos, Lino. Tu en faisais beaucoup avec Martin, aussi. Maintenant tu en fais tout seul… Explique-moi.

Mais plutôt que de répondre Lino ferma les yeux, et Rosa perdit tout espoir d'obtenir de lui la moindre explication. Puis son téléphone se mit à sonner et il décrocha, énervé, laissant son visage se creuser au fil d'une conversation que Rosa n'entendit que par bribes. Dès qu'il raccrocha, Lino bondit hors du lit et se rhabilla en hâte.

— Qu'est-ce qui se passe, Lino ?

— Je vais à l'hôtel.

— Pourquoi ? Qui c'était au téléphone ? C'était Roman ?

— Mais non. C'est le type du bar à côté. Il entend du bruit.

— Du bruit comment ?

— Je ne sais pas, j'y vais.

— Je viens avec toi.

— Tu es en chemise de nuit. Appelle Marc si tu veux.

— Il a une grosse soirée, il ne pourra pas…

— Je te tiens au courant.

Lino quitta l'appartement et Rosa comprit qu'il n'était pas seulement en train de fuir leur conversation. Son inquiétude lui avait semblé si vive que Rosa se demandait s'il n'aurait pas fallu appeler la police.

Baskets, foulard, sac, Rosa sortit à son tour dans la nuit automnale. Marc n'avait pas répondu au téléphone, trop occupé avec ses clients, musique à fond, alcool à flots, et elle se pressa autant qu'elle put dans les rues étroites de la ville, ralentie par ses jambes encore trop douloureuses. Elle maudissait Lino qui aurait dû l'attendre. Elle maudissait l'asphalte défoncé. Dès qu'elle arriva sur le seuil de l'hôtel dont la porte était restée entrouverte, le spectacle qu'elle découvrit l'étrangla.

Le hall avait été saccagé. Les murs, le sol, les fenêtres. L'aquarium. Une chaise avait dû être jetée plusieurs fois contre la vitre qui s'était fêlée puis brisée sous l'impact. L'eau s'était répandue partout sur le sol, inondant les bâches, contaminant les murs. Par terre, réparties en étoile chaotique, les douze méduses, gluantes et opalescentes, les douze gisaient comme des fœtus avortés. Et un bruit, un grincement, comme si quelqu'un était en train de déplacer des meubles, surgissait du plafond. Horrifiée, Rosa appela Lino plusieurs fois, se persuadant qu'il devait être en haut. Elle n'obtint pas de réponse. Alors elle rassembla son courage pour s'engager dans l'escalier, téléphone en main, prête à appeler à l'aide.

Au premier étage, dans le couloir, les ampoules sans lustre étaient allumées, les portes fraîchement repeintes étaient ouvertes. Rosa jeta un œil dans chacune des pièces avant de découvrir, sur sa gauche, au fond d'une chambre aussi dévastée que le hall, ce qu'elle n'aurait jamais voulu voir. Lino et Roman étaient là. Ensemble. En train de se battre. Sans réfléchir, elle se précipita sur eux pour s'interposer.

— Arrêtez !... Lino, arrête !

Elle tira si fermement le bras de son fils que les deux hommes finirent par se détacher, comme deux aimants que l'on sépare, encore chargés de leur force d'attraction. Le visage de Lino était rougi par la lutte. Il se justifia en reprenant son souffle.

— Je suis arrivé, il était en train de...

Il n'avait pas besoin de finir sa phrase pour que sa mère comprenne. Elle savait ce qu'il avait éprouvé en découvrant l'état de son hôtel, l'état de son aquarium. Toute la colère de son fils, elle la ressentait elle aussi. C'était une colère mêlée d'injustice et de gâchis.

— Pourquoi vous avez fait ça, Roman ? À quoi ça vous sert de faire ça ?

Retranché dans un coin, Roman épongeait sa sueur d'un revers de manche. Il écoutait Rosa, mutique, comme si sa présence ne changeait rien au but qu'il s'était fixé. Ses yeux étaient posés sur Lino. C'était à lui, et à lui seul, qu'il s'adressait.

— J'attends que tu le dises, Lino.

Lino restait à distance, sous la surveillance de sa mère, silencieux. De plus en plus hargneux, Roman répéta son ordre en allant pousser le bras du jeune homme d'un geste méprisant, cherchant à le soumettre.

— Dis-le devant ta mère, Lino. Maintenant qu'elle est là. Dis-le.

Roman le poussa plus fort et Lino dut ressentir une douleur, dans son bras, qui réveilla sa fureur.

— Tu veux que je te dise quoi, putain ?

— C'est toi qui l'as fait, Lino. C'est toi qui as tué Martin. Dis la vérité devant ta mère. Elle est là. Dis-le.

Puis ce fut comme si toute la violence de Lino refaisait surface, trop puissante pour rester muette, trop volumineuse.

— Tu veux que je te dise quoi, Roman ?

— C'est toi qui l'as tué, Lino. Dis-le devant ta mère. Dis-le !

Et, cette fois, Rosa échoua à les retenir. Lino se mit à frapper l'autre comme s'il avait voulu l'anéantir, sur le ventre, sur le crâne, il le tabassa si fort que sa mère avait l'image d'un fou sous les yeux, un dément dont les cris tranchèrent son cœur.

— Tu veux que je te dise quoi, Roman ? Je l'aimais, ton fils ! Tu veux l'entendre, ça ? J'ai jamais voulu le tuer ! C'est pas moi ! Je l'ai pas fait ! Tu m'entends, Roman ? C'est ça que tu veux ? C'est ça ?

Puis, brusquement, Lino s'interrompit comme s'il avait pris peur. Peur de ses propres gestes. Peur de sa propre voix. Visage en sang, il lança à sa mère un regard exorbité avant de sortir de la pièce, titubant à la manière d'un automate en pleine dislocation.

Le silence envahit la chambre.

Tout autour de Rosa, sur les plinthes blanches, sur les murs blancs, sur le plafond blanc, du sang avait giclé. Roman, lui, gisait à terre, sur le ventre, inconscient. Un filet rouge coulait sur ses paupières, sur ses joues, jusque dans sa bouche.

Rosa tremblait. Redoutant de découvrir le pire. Elle se pencha vers lui.

— Roman ?

Il ne disait rien. Son corps recroquevillé demeurait immobile.

— Roman ? Vous m'entendez ?

Avec précaution, elle attrapa son poignet pour vérifier son pouls.

— Vous m'entendez ?

Il ne disait rien.

Sous ses doigts, la faiblesse de la pulsation la terrifia. Elle fit un effort surhumain pour rester lucide. Et un instant elle crut qu'elle n'y arriverait pas, qu'elle allait perdre conscience elle aussi. Elle ferma les yeux quelques secondes. Quelques secondes, encore. Avant de parvenir à agir. Prendre son téléphone. Téléphoner au Samu.

— Vous pouvez venir en urgence ? Un homme a perdu connaissance, il a…

— Quel âge ?
— Vingt-cinq, vingt-sept ans.
— Des antécédents cardiaques ?
— Je ne sais pas… Il saigne beaucoup. Son visage… Il est en sang.
— Il est tombé ?
— Il s'est cogné.
— Il est inconscient ?
— Il ne répond pas… Il ne va pas bien du tout. Vous pouvez faire vite ?
— Vous êtes sur place ?
— Oui, c'est un hôtel. Un hôtel en travaux.
— Je vous envoie une équipe.
— C'est urgent, il est en train de…
— On arrive, madame.
— Vous arrivez bientôt ?
— On fait au mieux.

Quand Rosa raccrocha, elle dut se retenir au mur pour ne pas s'écrouler. De nouveau, elle tenta d'évaluer le corps inerte de Roman, son visage rouge.

— Roman ?

Il ne disait rien. Il ne bougeait pas.

Elle se rapprocha, tout près de son oreille.

— Roman, vous m'entendez ? On va venir vous aider. Les secours arrivent. Vous m'entendez ?

Pas un mot, pas un mouvement.

Que pouvait-elle faire d'autre ? Elle n'en savait rien, tandis que Lino était en train de revenir en trombe à son esprit. Où était-il ?

Rosa sortit de la pièce comme d'un tombeau.

Elle emprunta le couloir, descendit l'escalier, arriva dans le hall. Lino était là, accroupi près de l'aquarium brisé. Son visage était tuméfié, il était en train d'essayer de ramasser les méduses moribondes, ses méduses, plaçant les rescapées dans un seau rempli d'eau, les manipulant fébrilement comme si sa vie en dépendait. Dans la pénombre, ses gestes semblaient désarticulés et Rosa se rapprocha de lui en chancelant.

— Tu es blessé ?

Lino ne dit rien.

— J'ai appelé le Samu.

Lino ne dit rien. Il continuait d'amasser les méduses dans une pelle, les poussant avec le couvercle d'un pot de peinture avant de les mettre dans le seau trop petit pour les contenir toutes, leurs tentacules débordant, s'emmêlant comme des chevelures d'ogre. Atterrée par cette vision, Rosa n'osa pas faire de réflexion, examinant plutôt les blessures sur le visage de son fils. Les pommettes écarlates.

— Tu as mal ? Ils vont t'examiner toi aussi.

Sans lever les yeux vers elle, Lino secoua la tête. Une méduse venait de lui échapper et il avait l'air anéanti. Il se mit à genoux pour la récupérer comme s'il s'était occupé de son propre bébé, se traitant de tous les noms avant de se retourner vers sa mère, comme s'il venait seulement de saisir sa présence.

— Tu as appelé le Samu ?

— Ils arrivent.

L'information parut alors lui faire plus de mal

que l'agonie de ces gélatines adorées, à moitié mortes autour de lui. Il gémit.

— Je ne retournerai pas en prison. Je préfère mourir… Je préfère mourir en bouffant ces méduses… Je préfère bouffer mes méduses… Les douze. Je ne peux pas y retourner… Je te jure, je préfère crever.

Sous le choc, Rosa n'arrivait plus à parler. Sa gorge se mit à s'enflammer comme si, les méduses, elle les avait elle-même mastiquées. Elle ne savait que répondre et elle recula. Elle avait l'impression d'entendre une sirène. Ou bien l'imaginait-elle, cette sirène, qui venait, qui l'attirait. Elle se dirigea vers la porte d'entrée de l'hôtel restée entrouverte.

Debout sur le seuil, Rosa se mit à guetter, à écouter le chant aigu qu'elle avait cru entendre et qu'elle ne percevait déjà plus. Dans la rue, les réverbères étaient allumés mais il n'y avait ni voiture ni passant. Près des ampoules, des papillons de nuit s'embrouillaient et au sol l'asphalte était sec, sans aucune trace de pas. Rosa regarda dans cette rue où elle n'entendait rien quand, soudain, elle n'y vit plus rien non plus. C'était comme si tout ce décor s'était effacé devant elle pendant que d'autres images prenaient le pouvoir, l'hypnotisant comme des sorcières. Le sang de Roman. Dans ses yeux. Dans sa bouche. Et le sang de Lino en même temps que le corps d'un enfant mort qu'elle n'avait pourtant jamais aperçu. Le corps de cet enfant, il lui était apparu là, aussi réel que s'il avait été en train d'agoniser devant elle, ou en elle. Alors Rosa se plia et se mit à vomir. Près de la porte de l'hôtel, contre le mur, dans la rue, là, sur l'asphalte sec. Vomit de la bile. Presque rien. Elle aurait voulu vomir plus. Se vider. Elle aurait voulu se vider des images. Être vide. Mais presque rien ne sortit de sa bouche à part cette bile translucide qui sur le sol ne forma aucun dessin.

Au moment où Rosa se redressait en essuyant ses lèvres, la sirène se fit enfin entendre distinctement. Elle était vraie, cette fois, elle se rapprochait. C'étaient les secours. C'était le Samu. Et les cris de cette sirène, de plus en plus forts, recouvrirent peu à peu les battements des veines de Rosa, dans son cœur, dans ses jambes, ce n'étaient plus que des alarmes la transperçant. Rosa se retourna vers l'hôtel. Au fond, dans le hall, elle vit le seau débordant de méduses, elle vit le sol jonché de débris et d'eau. Elle ne vit pas son fils. Une minute auparavant, Lino était encore là, en plein sauvetage, en pleine noyade, des plaies sur son visage. Il n'y était plus et Rosa pria pour qu'il ne se soit pas enfui. Enfin l'ambulance du Samu se gara devant l'hôtel et elle dut les accueillir, le médecin, l'infirmier et l'ambulancier qui avançaient vers elle comme trois croquemorts blancs. Immense et maigre, le médecin salua Rosa d'un signe de tête bref, sa sacoche pendue à son bras.

— C'est vous qui avez appelé ?

— Je vous conduis.

À peine avait-elle fini sa phrase qu'ils se mirent en route, franchissant les débris du hall, gravissant l'escalier à pas rapides. Enfin, Rosa désigna la pièce où se trouvait Roman et elle les invita à entrer, le médecin, l'infirmier et l'ambulancier, sans cesser de scruter les alentours, le couloir, les portes, dans l'espoir de découvrir Lino qui n'avait toujours pas réapparu.

En silence, le médecin ausculta Roman. Il étudia ses plaies, il prit son pouls. Le front marqué par l'inquiétude, il interrogea Rosa.

— Qu'est-ce qui s'est passé ?

— Il y a eu une bagarre. Il s'est battu.

— Vous avez appelé la police ?

— J'allais le faire mais... Je vous ai prévenu, vous.

— On va l'emmener aux urgences.

— Qu'est-ce qu'il a ?

— Plusieurs fractures.

— Mais ça va aller ?

— Je ne sais pas si ça va aller, madame. Il est de votre famille ?

— Non, il a une femme. Anna Sopak, c'est sa femme.

— Il faudrait la prévenir.

— Bien sûr.

— Il faudra tout expliquer à la police.

Secouant la tête, Rosa ne réussissait pas à donner davantage d'explications. Elle était incapable de songer à autre chose qu'à la disparition de Lino. Cette disparition la tétanisait.

— Je crois que je vais m'évanouir.

Couverture de survie sur les épaules, assise à même le sol, Rosa observait les trois hommes qui portaient Roman pour le mettre sur un brancard. Depuis l'arrivée des secours, elle avait l'air si choqué qu'ils avaient cessé de lui poser des questions, se contentant d'enregistrer les coordonnées de Roman. Sa propre identité, Rosa leur avait livrée sans rechigner en attendant qu'ils repartent. En attendant de retrouver ses esprits. En attendant de pouvoir se relever.

Puis elle écouta l'ambulance s'éloigner, sirène ouverte. Et elle se mit à téléphoner.

— Lino, rappelle-moi s'il te plaît. Le Samu vient de partir. Rappelle-moi pour me dire où tu es. Je suis seule. Tu peux me rappeler. Je suis seule.

26

Et elle décida de quitter l'hôtel pour sonder les alentours, comme si elle avait cru pouvoir repérer son fils derrière une fenêtre, un réverbère, un feu. Comme si elle avait pu le découvrir en train de s'extraire de n'importe quelle bouche d'égout. Comme un revenant. De n'importe quel trou. Comme un mort-vivant. Nulle part Lino ne lui réapparut.

Quand elle arriva devant le Tangerina, Moktar, épais cheveux dénoués pareils à des flammèches, discutait avec deux hommes d'une vingtaine d'années qu'il ne voulait pas laisser entrer. En gardant son calme, le videur pointait du doigt les baskets terreuses et les jeans froissés, exhortant les clochards à déguerpir. Dès qu'il aperçut Rosa, il s'interrompit.

— Oh Rosa, qu'est-ce qui se passe, ça va ?

— Marc est là ?

— Sûr…

Il la fit entrer, ignorant les protestations des refoulés qui recommençaient déjà à parlementer.

À l'intérieur de la boîte, Rosa fut vite aveuglée par les éclairs des lampes stroboscopiques. Marc n'était ni au bar, ni près des tables, ni aux côtés du DJ, ni parmi les clients recouverts de paillettes et de couronnes, champagne à la main, célébrant l'anniversaire d'une jeune femme en costume d'infirmière, sa queue-de-cheval blonde se balançant au rythme de sa danse délurée, espèce de chamanisme décadent, alcoolique. Rosa se rapprocha de la porte du bureau, frappa pour s'annoncer tout en se rendant compte que la musique masquait tous les bruits. Frapper à cette porte était absurde, d'autant plus qu'elle n'était pas fermée à clef. Elle se décida à ouvrir, et découvrit Marc assis à son bureau en compagnie d'une jeune femme brune à la tenue clinquante, vingt ans tout au plus, jupe courte en jean, maquillage assorti aux colliers en fausses pierres tombant sur son décolleté plongeant. Marc et la fille étaient en train de boire un verre de gin et leurs rires s'interrompirent à regret quand ils virent Rosa débarquer. Marc comprit tout de suite que quelque chose n'allait pas. Il congédia son amie.

— Tu peux nous laisser Farida, s'il te plaît.

Sans protester, Farida quitta la pièce après avoir salué Rosa qui l'ignora et se mit à parler avant que Marc ne lui pose la moindre question.

— Roman a tout cassé à l'hôtel.

— Roman Sopak ? Quand ça ?

— Là, tout de suite.

— Tu es allée voir ?

— Avec Lino. Roman n'arrêtait pas de l'insulter et…

— Tu as du sang, tu es blessée ?

— Non, pas moi. Mais on a appelé le Samu.

— Le Samu ?

— Pour Roman. Il était inconscient.

— Attends, je n'ai rien compris. Qu'est-ce qui s'est passé exactement ?

— C'est Roman. Il s'est déchaîné contre Lino et… Lino aussi est blessé.

— Vous avez appelé les flics ?

— Il fallait d'abord appeler le Samu.

— Il est où, là, Lino ?

— Je ne sais pas.

— Comment ça ?

— Je ne sais pas.

Rosa marqua une pause. Face à elle, Marc semblait débarquer d'une plage ensoleillée, comme si la fille, Farida, venait de lui retourner la tête, et, soudain, Rosa le détesta. Détesta avoir à se justifier.

— Roman a pété les plombs. Lino a fui parce qu'il a cru que les flics allaient l'embarquer parce qu'il a frappé Roman, alors que c'est lui qui s'est fait agresser. Il a eu peur de se retrouver en garde à vue et que ça n'en finisse pas, comme la dernière fois.

— J'appelle l'avocate.

— On a eu peur, Marc.

— OK, calme-toi.

— Je suis venue parce que tu ne répondais pas au téléphone.

— J'ai eu mille trucs à gérer, c'est une soirée de dingues ici aussi.

Rosa ne raconta rien de plus et Marc s'empara de son portable pour appeler l'avocate à qui il expliqua tout. Après avoir raccroché, il livra son compte-rendu en choisissant ses mots.

— Lino doit aller chez les flics avec toi, Rosa. Ça jouera en sa faveur si vous faites vite. Dès que vous êtes au commissariat, vous appelez l'avocate. Elle va essayer de vous rejoindre.

La porte du bureau s'ouvrit alors sur le barman.

— Un souci au bar, Marc. Deux filles qui se battent. Pas super sexy.

— Putain… J'arrive.

Le barman repartit et Marc évalua l'état de Rosa.

— Appelle ton fils. Je reviens.

Elle acquiesça, et il sortit.

À nouveau seule, Rosa inspira de grandes goulées d'air tiède, invoquant le calme, priant le calme. L'angoisse la comprimait. Elle composa le numéro de Lino et tomba une fois de plus sur sa messagerie.

— Rappelle-moi s'il te plaît Lino. Je suis au Tangerina, maintenant. Rappelle au moins pour dire que tu vas bien.

Elle se servit un verre de gin. Elle le but cul sec. Cela ne lui fit rien. Elle s'assit dans le canapé en faux cuir, étendit ses jambes, renversa sa tête en arrière. Elle ne pouvait pas se détendre. Elle se redressa. Elle recommença à appeler son fils. Dix fois, quinze fois, jusqu'à ce qu'il se manifeste.

« Je suis à la gare », avait-il écrit.

Rosa se releva d'un coup.

Avec une seule idée en tête, aller chercher son fils, Rosa se mit à fouiller les tiroirs du bureau de Marc. Elle y trouva des clefs qu'elle reconnut et qu'elle fourra dans sa poche. Elle subtilisa une poignée de billets cachés dans une veste avant d'entrouvrir la porte du bureau, examinant la salle du Tangerina comme un parachutiste de guerre un ciel d'orage juste avant de sauter.

Près du bar, Marc était en train de parlementer avec deux jeunes filles complètement saoules. Queues-de-cheval en bataille, soutiens-gorge déchirés. Il n'avait pas vu Rosa, elle en profita pour traverser la salle. En quelques pas, elle gagna une sortie de secours, s'engouffra dans un couloir inondé de néons blanchâtres, descendit un escalier, deux étages, poussa une porte coupe-feu, tourna à gauche. Béton, traces de roues noires au sol, poteaux plantés à intervalles fixes, elle arriva au cœur d'un parking où elle se hâta de rejoindre le 4 × 4 de Marc. Elle tendit le trousseau de clefs devant elle, bipa et ouvrit la portière.

Cela faisait cinq ans qu'elle n'avait pas conduit, tout lui revint d'un jet d'adrénaline. Le 4 × 4 était automatique, elle enclencha la marche arrière pour sortir de la place, réglant les rétroviseurs à sa vue. Au moment où elle voulut se mettre à rouler, Marc débarqua et frappa à la portière.

— Ouvre.

Elle baissa la vitre, se forçant à ne pas trahir sa panique.

— Tu étais occupé, je n'ai pas…

— Tu vas où comme ça ?

— Lino est blessé. Je vais l'emmener à l'hôpital.

— Il est où ?

— Pas très loin.

— Je viens avec toi.

— Je t'appellerai quand j'y serai.

— Tu ne l'as jamais conduite cette voiture.

— Je vais y arriver.

Marc était tout près, penché vers elle. Sa forte carrure, ses lèvres. Une seconde, elle eut envie de le toucher, de l'embrasser. Elle ne le fit pas. Elle avait peur de ne plus pouvoir partir. De s'effondrer. Elle se contenta de hocher la tête pour qu'il se rassure et qu'il plie à sa demande, qu'il se pousse, s'écarte, et elle se mit en route en l'observant se rétrécir dans le rétroviseur. Fixés sur elle, les yeux de Marc semblaient encombrés de questions et, elle le sentait, encombré d'amour. Elle s'en détourna pour se consacrer à sa conduite. Appuyer sur la pédale au risque d'accentuer la douleur de ses jambes, tourner le volant, jauger la route. Une fois sortie du parking, elle ne se retourna plus. De nouveau envahie par l'image de son fils seul et blessé au milieu de nulle part, Rosa accéléra. Elle tourna à gauche dans la nuit en direction de la gare, se pressant autant qu'elle le pouvait, bravant les feux rouges qui se jetaient devant elle comme des javelots.

Arrivée aux abords des rails, Rosa ralentit pour examiner les lieux. Sous son regard toute la plèbe de la gare défilait, les clochards, les prostituées adossées à la pierre encrassée du grand bâtiment, poteaux de chair fragiles et bruts. Roulant au pas, Rosa fit un tour complet en détaillant chacun des dealers, chacun des rôdeurs dressés dans l'ombre, tels des totems infects. Lino n'y était pas. Elle s'arrêta en double file, décidée à continuer à pied, pénétrant à l'intérieur par une entrée annexe. Dans le hall, deux hommes de petit gabarit vinrent alors à sa rencontre, vêtus de tenues militaires éraflées. Elle les ignora en fléchissant la tête. C'était comme si elle avait revêtu une armure, un bouclier. D'autres mendiants, d'autres drogués la hélèrent à qui elle ne répondit pas. Elle mit du temps avant de parvenir à identifier la silhouette de son fils à travers une vitre sale. Lino était assis dans un café, devant une bière, seul. Rosa se dirigea vers lui comme vers la seule lumière possible.

Le visage de Lino était écorché et il semblait résigné, pupilles humides, blessures à vif. Quand Rosa vint s'asseoir face à lui, il baissa le menton et les yeux, et elle eut l'impression qu'il avait déjà quitté la salle, déjà menotté, déjà interrogé, déjà condamné, déjà enfermé, que tout avait eu lieu déjà, que son fils était parti, que son fils l'avait quittée. Les images de l'hôtel saccagé revinrent à elle, morceaux de verre brisés, méduses éparpillées, Roman et sa rage à frapper,

Lino dans son parloir de prison, son visage maigre et ses mains qui tremblaient. Pendant que les images défilaient, lui ne disait rien, yeux déchus. Pourtant elle sentait qu'il ne pensait qu'à cela, lui aussi, qu'il s'y voyait, condamné, enfermé. Il s'adressa à elle en premier de sa voix d'outre-tombe.

— Tu me détestes.

— …

— Je ne supporte pas que tu me détestes, maman.

— …

— Moi je me déteste. Je me hais.

Devant elle, Lino paraissait avoir décidé de se laisser mourir, et elle dut rassembler ce qu'il lui restait de force pour lui parler sans faiblir. Puisque, à voir la désolation de ses yeux, de ses mains, elle n'avait soudain plus aucun doute. Elle savait. Et c'était comme si ses entrailles l'avaient toujours su.

— Dis-moi ce que tu as fait à Martin, Lino.

— Je ne peux pas.

— Dis-moi ce qui s'est passé. J'ai besoin de l'entendre.

Mais, pour tout aveu, Lino éclata en sanglots, cachant son visage dans ses mains comme s'il avait voulu devenir invisible. Comme s'il préférait se désintégrer plutôt que de laisser sa mère le voir tel qu'il était. Coupable. Meurtrier. Monstrueux. Se rétractant dans son siège, craignant qu'elle ne le gifle. Pourtant elle n'avait pas fait un geste. Le spectacle de son fils effondré était trop déchirant, qui la figeait, la dégoûtait et l'émouvait en même temps.

Le moindre des mouvements du jeune homme la scindait et, sans bouger, elle le laissa renifler, puis se redresser. Elle savait qu'il détestait le calvaire qu'il lui infligeait.

— Rentre à la maison, maman. Moi je ne peux pas. Je ne peux pas retourner en prison.

À l'extérieur du bar, assis sur un banc, un vieillard gris aux longs cheveux dodelinait au rythme de la musique qu'il écoutait au casque. Rosa le dévisagea avant de ramener ses yeux humides vers Lino.

— Depuis quand, Lino ? Les enfants. Depuis quand ils t'attirent ?

— …

— Pourquoi tu ne m'en as pas parlé ?

— …

— J'aurais pu t'aider, Lino. Je t'aurais emmené voir quelqu'un.

— …

— Un médecin. Un spécialiste.

Lino secoua la tête, comme si cette possibilité ne lui avait jamais traversé l'esprit. Rosa poursuivit.

— Tu veux partir, prendre un train, c'est ça que tu veux faire ?

— …

— Il n'y a plus de train à cette heure, Lino. Il n'y a rien.

En silence, il frotta son visage avec ses doigts tremblants. Résigné, menotté, arrêté. Suicidé. Et à le voir souffrir ainsi, Rosa eut la sensation de perdre toute sa lucidité. Comment en étaient-ils arrivés là ? Elle s'en voulait. Se détestait de lui avoir été à ce point inutile. De n'avoir rien vu. De n'avoir pas voulu savoir. D'avoir tout nié. De l'avoir abandonné, son fils. De l'avoir laissé seul avec sa culpabilité létale. Rosa s'en voulait et ne voyait pas d'autres solutions, pour se rattraper, que de lui venir en aide.

— On pourrait aller à San Remo.

— Qu'est-ce que tu racontes ?

— Au moins ce soir. En moins d'une heure, on peut y être.

— Arrête, maman.

— On trouvera où dormir, on réfléchira demain.

— Arrête.

— Arrête de dire arrête. Je suis ta mère. Je suis ta seule mère. Tu crois que je vais te laisser tomber ? Tu crois vraiment que c'est ce que je vais faire ?

Rosa avait dit cela avec tant de conviction que Lino n'osa pas continuer à la contredire. Elle ne lui laissait aucun choix. Elle ordonnait.

— On trouvera un hôtel. On prendra le temps de réfléchir. On sera ensemble cette nuit. On décidera demain.

Alors, inclinant son visage, il ne dit rien de plus. Rien quand le téléphone de Rosa sonna et qu'elle raccrocha au nez de Marc sans répondre. Rien quand elle ouvrit leurs portables pour retirer les puces, les batteries, jetant tout dans diverses poubelles. Comme si le dévouement de cette mère l'avait vidé de toute volonté, il ne dit rien, ne s'opposa plus. Il se rendit. Il la suivit.

Dans l'obscurité, la mère et le fils quittèrent la gare et prirent la route. Rosa conduisait. Lino fermait les yeux. Rosa accélérait. Ensemble, ils fuyaient la ville, la nuit, tournant à gauche. Puis à gauche.

27

Depuis une heure, dans la nuit, Rosa roulait. Ne croisait personne sur la route. Traversait des villes à la sortie de Nice. Les unes après les autres. Ne s'arrêtait pas. S'éloignait de la côte sans y revenir. Elle tentait de ne pas être obsédée par ce qu'elle laissait derrière elle, ne pas regarder dans le rétroviseur sans cesse. Peur d'être suivie. Elle roulait dans la nuit et, à côté d'elle, Lino les yeux fermés ne disait rien. Il semblait dormir. Il ne dormait pas. Il était ailleurs et, dans cet espace-là, Rosa ne pouvait pas le rejoindre.

Les montagnes désormais bordaient la route. Falaises nocturnes, grises. Falaises que des filets emprisonnaient, empêchant les roches de tomber, de fracasser les véhicules. Montagnes muselées. Filets noirs dans la nuit rocheuse, camisoles. Roches grillagées grises surplombant tout.

Rosa roulait. Elle passa l'ancienne frontière, arriva de l'autre côté de la France, en Italie. Personne n'arrêtait plus les voitures ici depuis que l'on avait supprimé les frontières de l'Europe. Personne ne la suivait. Elle était persuadée que Marc n'avait pas dit aux flics qu'elle avait pris sa voiture. Ils les auraient déjà retrouvés. Marc ne l'avait sûrement pas dénoncée, par amour. Rosa avait envie de s'arrêter. Tour à tour, son envie, son contraire. Faire demi-tour. Se retourner. Ne pas se retourner. Rouler. Arrêter. S'échapper.

Tour à tour. Rosa regrettait, elle s'affirmait, se justifiait, se haïssait. Elle ne savait pas ce qu'elle faisait, comme si par instants son cerveau se trouait, détériorant des souvenirs, obstruant des raisonnements, des logiques. Elle se persuadait qu'elle devait le faire. Devait être une mère telle qu'elle avait toujours voulu l'être, au service de cet enfant près d'elle qui somnolait, qui respirait. Être l'inverse de sa mère à elle. Être une mère présente. Vivante. Bonne. Être cette mère-là, même si, en vérité, à cette minute, elle ne savait pas ce qu'elle aurait dû faire. Tenter de convaincre son fils de se rendre à la police, purger sa peine, au nom de la loi, au nom de la morale. Ou au contraire l'encourager à fuir. Pour le sauver du saccage de la condamnation. Pour le garder avec elle. Elle ne savait pas comment être mère, à cette minute. Vivante. Bonne. Tout ce qu'elle croyait savoir, c'était qu'il avait besoin d'elle.

Rosa passa la ville de Vintimille. C'était ici que, l'année dernière, elle avait retrouvé Marc, chaque après-midi. Avant que leur couple ne devienne public, ils s'étaient aimés dans une chambre d'hôtel, pareils à deux fugitifs. Pour la première fois, ici, elle avait joui.

Désormais, elle traversait ces rues désertes comme on racle un vieux songe. Et les chiens errants dormaient sur les trottoirs et ne se redressaient pas à son passage.

Rosa ne regardait pas dans le rétroviseur. Ne regardait pas derrière elle. Elle avançait, regard concentré, droit. Jusqu'à ce qu'enfin le panneau indiquant la ville de San Remo apparaisse, qu'elle puisse se glisser dessous et commencer à ralentir. Telle était sa destination. San Remo, ville de sa naissance, qui arrivait à son secours comme la main d'une parente infirme. Et dans une petite impasse sans éclairage, Rosa se gara entre deux voitures noires.

Alors, rouvrant ses yeux, Lino se redressa avec l'impression d'avoir repris conscience au cœur d'un souterrain. Abruti par la route, par les bleus sur son visage, ses lèvres pâteuses se décollèrent difficilement.

— On est où ?

— À San Remo.

— San Remo ? Putain…

Incrédule, Lino examina Rosa tournée vers lui, la main serrée autour des clefs de la voiture à l'arrêt, parquée dans une rue obscure. Elle était exténuée.

— Pourquoi tu ne me laisses pas, maman ? Pourquoi tu ne rentres pas de ton côté ?

— Je ne veux pas discuter maintenant. On va dormir à l'hôtel. On parlera demain.

C'était comme si elle venait de formuler quelque chose d'intraduisible dans une langue insane et son fils semblait n'avoir plus qu'une envie : la fuir. Pourtant il n'arrivait toujours pas à s'opposer à elle, obéissant quand elle lui ordonna de sortir du véhicule qu'ils abandonnèrent là tel un emballage devenu inutile. Quand, dans la nuit sépulcrale de sa cité d'origine, Rosa se mit à le guider.

Cela faisait longtemps qu'elle n'avait pas visité ce territoire, mais sans hésiter Rosa entraîna son fils à gauche vers une petite rue montante, grimpant pour pénétrer dans la partie vieille de la ville, dans son dédale de rues étroites et défoncées et peu éclairées. Aux fenêtres, les linges pendus paraissaient en lambeaux. Et, à cette heure-ci, il n'y avait personne. Seuls les Messina passaient sous les fils électriques fragiles et noirs qui couraient d'une façade d'immeuble à l'autre, composant une toile d'araignée funèbre au-dessus d'eux. Dans la réalité, Rosa adorait l'ambiance de ces quartiers italiens décrépis, la lèpre de leurs pierres, leurs rides pleines de secrets. Là, dans l'obscurité, elle avait l'impression de ne plus rien reconnaître et tout lui semblait hostile et sale. Elle imposa malgré tout à Lino de la suivre dans ces ruelles en ruine au milieu desquelles elle s'égara. Rebroussant chemin, empruntant des escaliers, elle fut bientôt persuadée que les plaques des rues avaient changé de place depuis son dernier passage, que les noms des rues ne correspondaient plus aux vrais noms des rues. Quant aux numéros des immeubles, inscrits sur des carrés de céramique criblés de brèches, ils devaient avoir été raccrochés dans un ordre incohérent. Comme si, en son absence, tout le puzzle avait été mélangé.

Puis Lino recommença à se plaindre, à menacer

de s'enfuir. Rosa l'ignora, prenant le temps d'observer mieux autour d'elle, les fenêtres, les portes, tout le chaos des murs et des sols aussi illisibles que des parchemins dévorés par des chiens. La dernière fois qu'elle était venue ici, dix ans auparavant, elle avait enterré son père. Elle se souvenait du cercueil de bois pauvre parcourant avec difficulté ces rues impraticables. Elle se remémora le lent trajet, comme s'il flottait, revivant le moment exact, sous telle fenêtre, où elle s'était mise à pleurer. Alors l'espace autour d'elle sembla se réorganiser. Elle sut où elle était.

Attrapant Lino par la main, Rosa repartit sans prendre en compte ni les plaintes ni la douleur dans ses jambes qui n'avait cessé d'augmenter. Une fois arrivés devant l'hôtel qu'elle cherchait, ce qu'elle était en train de faire ne pouvait plus s'expliquer avec des mots. L'établissement lui parut plus sordide que dans sa mémoire. Mais elle n'avait pas fait tout ce chemin pour rien. Elle continua de tirer son fils vers elle, ralliant la porte close de l'établissement qu'elle était bien décidée à ouvrir, s'introduisant dans un hall mal éclairé aux murs recouverts d'un papier peint vert datant de plus de trente ans. Pour en camoufler les moisissures, çà et là avaient été punaisées des cartes postales emblématiques du pays, Colisée, Pise, Pompéi, comme si cet endroit était lui aussi un haut lieu de tourisme. Ainsi qu'elle l'avait présagé, il n'y avait personne derrière le comptoir croulant sous des tas de factures froissées, tasses de café usagées, ainsi qu'un aquarium crasseux et vide. Rosa imagina tout de suite l'eau s'échappant par la vitre fissurée de ce bocal glauque, les poissons ayant dû tous y dépérir. Elle se tourna vers Lino pour observer sa réaction, sa répulsion. Il ne disait rien. Se contentait de rester appuyé au mur, à l'entrée, prêt à décamper.

De toute façon il était trop tard pour changer d'avis et Rosa appuya sur la sonnette du comptoir, provoquant l'ouverture d'une porte à l'arrière. Une femme d'une cinquantaine d'années apparut, en partie défigurée par une longue frange beigeâtre, une robe de chambre rose moulant son ventre graisseux. Rosa la salua en italien.

— Désolée de vous déranger si tard.

— Je regardais la télé, je ne peux pas dormir avant quatre heures.

— C'est possible d'avoir une chambre pour cette nuit, pour deux personnes ?

La femme posa ses yeux sur Lino et observa les hématomes et le sang séché sur son visage sans montrer une quelconque émotion. Elle restait silencieuse. Rosa tenta de vaincre sa réticence.

— Je peux vous payer d'avance. Cinq nuits. Pour vous dédommager d'arriver si tard.

— On n'a que des lits deux places.

— Ça ira très bien.

— Il me faut vos pièces d'identité.

Rosa accepta. Elle donna une partie de l'argent pris à Marc, livra leurs papiers et signa le registre.

La chambre attribuée, au premier étage, n'avait pas de numéro. Sa fenêtre donnait sur l'opacité de la rue, et Rosa se dépêcha d'en rabattre le rideau aussi périmé que les murs. Sans dire un mot, Lino s'allongea sur le lit poussé dans un coin comme si personne n'en voulait. Immobile, il regardait sa mère en train de s'activer dans la pièce, fermant à clef, arrachant la prise du téléphone. Elle abandonna son sac et son imperméable sur une chaise dépaillée avant de poser ses yeux sur Lino étendu. Il semblait attendre des explications qu'elle était incapable de donner.

— Essaie de dormir.

Il détourna la tête en direction du mur, et elle alla s'enfermer dans le minuscule cabinet de toilette attenant à la chambre dont le décor était d'une semblable décrépitude. Toutes les salles de bains flambant neuves de l'hôtel Gloria qui ne seraient jamais installées lui revinrent alors à l'esprit, leurs robinets luxueux, leurs carreaux de grès blanc. Tout ce gâchis l'étouffa.

Elle se regarda dans le miroir. Ses yeux étaient rouges. Fuyant son reflet, elle se mit à récurer chacun de ses doigts encore en partie souillés par le sang de Roman avant de baigner son visage. Depuis plusieurs heures, la fièvre avait poussé partout en elle. Et il y avait cette question qui, sans discontinuer, la poignardait. Pourquoi son fils avait-il tué l'enfant ? Pourquoi ? « Pourquoi » répété un millier de fois. Mais plus elle se questionnait, plus elle cherchait, fourrageant dans des couloirs d'hypothèses, des labyrinthes, des caveaux, moins elle parvenait à comprendre ce qui avait pu fabriquer la partie monstrueuse de Lino. En vain tenta-t-elle de décrypter chaque geste et chaque mot de l'enfance de son fils telle qu'elle l'avait connue, disséquant les souvenirs comme des organes. Chaque rire, chaque pleur, reconstruisant un tableau de fragments aux significations contradictoires. Bien sûr, il y avait eu des violences. Elle pensait l'en avoir consolé. Bien sûr, l'imperfection avait été quotidienne. Comment cela aurait-il pu tout expliquer ? Comment cela aurait-il suffi à expliquer le crime ? Plus Rosa cherchait, plus les souvenirs saignaient de silence.

Elle se rappela le jour de la naissance de Lino. Jamais elle n'avait imaginé, avant, qu'elle serait capable d'adorer un enfant de façon si immédiate, si absolue. Elle avait dix-neuf ans et elle ne savait pas que ce genre d'amour l'envahirait. Le nouveau-né était venu vite et elle l'avait serré contre sa peau, nu, le protégeant du froid, des bruits, lui servant son sein en le chérissant, en le bénissant. Elle avait aimé changer ses couches, mettre de la crème sur ses petites fesses charnues. Elle avait aimé même quand il pissait sur elle. Elle avait embrassé le petit pénis de son nourrisson comme le petit ventre, les petites mains, les petites joues. Elle avait tout embrassé. Dès qu'il avait su rire, il s'était esclaffé pendant des heures tant elle l'avait chatouillé.

Les explications ne s'ordonnaient pas. Les postulats se tarissaient. Elle ne pouvait pas dire pourquoi. Elle ne pouvait pas expliquer. Ne pouvait qu'éprouver du dégoût. Comment les mains de son fils étaient-elles parvenues à violer, à tuer ? Ces mains mille fois embrassées, ces mains mille fois chéries.

Coupant l'eau d'un geste brusque, Rosa décida qu'il fallait qu'elle cesse de penser n'importe comment et qu'il fallait qu'elle dorme. Quand elle retrouva la chambre, Lino était toujours tourné vers le mur. Elle ne savait pas s'il dormait, elle ne l'entendait pas respirer. Elle retira ses chaussures et prit soin de ne pas le gêner en s'allongeant près de lui, recueillant sa chaleur contre elle. Il aurait fallu qu'elle dorme, oui. Ne serait-ce qu'une heure, au moins, laisser le sommeil capturer tout son être.

Le repos ne vint pas. Le réveil d'un lendemain délabré la terrifiait, d'un lendemain informe. Elle ne savait pas ce qu'elle devait faire. Rester ici, appeler Marc. Lui donner des nouvelles. Le rassurer. À cette heure, Marc devait être en train de fermer le Tangerina et de rentrer chez lui. Ou bien était-il allé au Petit Soleil pour la chercher, ou bien à l'hôtel Gloria pour constater l'étendue des dégâts en compagnie de la police. Appeler Marc, oui, le lendemain. Le lendemain, Marc l'aiderait à redonner forme au futur. Marc l'aimerait encore, peut-être.

Rosa prit peur. Le « peut-être » s'était enfoncé d'un coup dans son corps, dans ses os. Peut-être, aucune certitude. Peut-être, Marc l'aiderait. Peut-être, le lendemain ne serait pas informe. Peut-être serait-il au contraire difforme. Perdue dans les peut-être, étourdie par les peut-être. Rosa ne discerna bientôt qu'une sorte d'explication. Ce qu'elle avait fait, elle l'avait fait par peur. Ce qu'elle avait fait, partir, rouler, rouler avec son fils, loin. Elle avait eu peur de Roman et du sang, peur des batailles et du vide, et du manque. Peur du crime. Peur de le perdre, son fils. Et tant d'autres peurs encore. Des amas de peurs sans bordure. Sans nom. Des excroissances de peurs.

28

Quelques fractions de sommeil et Rosa rouvrit les yeux. Près d'elle, son fils était toujours couché, pelotonné contre le mur. Elle n'avait pas idée de l'heure qu'il était. La respiration du jeune homme paraissait plus forte, elle sentait ses poumons endormis qui faisaient gonfler son dos, elle sentait sa chaleur qui la pénétrait, la déchirait. Elle pria pour que le repos de son fils se prolonge, même si son sommeil était mauvais, même s'il était envahi d'ombres, pria pour qu'il se repose suffisamment, le temps qu'elle se concentre, qu'elle réfléchisse, décide de la façon de bâtir leur nouvel avenir, refusant de voir le leur tel qu'il se présentait. Futur obstrué. Vitrail peint en noir.

Aucune solution ne lui vint. Elle décida de se lever, prendre une douche, frictionnant son corps longtemps comme pour le ramener vif d'un pays éteint. Sur son mollet gauche, les taches lui réapparurent, plus larges qu'avant. C'était comme si sa peau avait été écorchée pendant la nuit. Des croûtes rouges et violettes avaient germé sur l'épiderme telle une saillie d'écailles. Et Rosa eut la certitude que son corps entier allait bientôt subir cette funeste métamorphose.

Pas un médicament à portée de main. Pour atténuer la douleur, Rosa ne trouva qu'une méthode. Fermer les yeux. Ne plus bouger. Être rocher. Être rocher de montagne. Non pas rocher de mer. Non pas rocher léché de vagues. Ne pas s'éroder. Ne pas se désagréger. Mais, malgré ses efforts, elle avait encore mal. Elle savait qu'elle incarnait une roche bien fragile, davantage morceau de verre que granit. Et elle se mit à espérer que la police débarque. Et elle se laisserait faire. Et elle n'aurait plus aucun choix à faire. Et ce serait bien.

Lavée, séchée, rhabillée, elle retrouva Lino à la même place. Sa respiration était celle d'un sommeil lourd, elle était celle de l'enfant qu'il était pour toujours. Elle aurait voulu qu'il ait dix ans. Voilà ce que Rosa aurait voulu. Que Lino ait dix ans et qu'ils se retrouvent ensemble, seuls, juste après le divorce, et qu'ils soient saufs, qu'ils mangent des gâteaux au chocolat, à la vanille. Qu'ils n'aient pratiquement pas d'argent. Ou bien que Lino ait douze ans. Voilà ce que Rosa aurait voulu. Qu'il gagne son premier trophée de plongée et qu'il lui offre en l'embrassant fort au milieu d'une plage pleine de rayons. Et qu'ils en perdent l'équilibre en éclatant de rire. Ou bien que Lino ait quinze ans. Qu'il l'aide à ranger les tables du Petit Soleil nouvellement acquis grâce à l'argent récupéré lors du divorce. Et que Lino déclare que ce restaurant était le plus beau restaurant du monde. Puis qu'il ait dix-neuf ans. Voilà ce que Rosa aurait vraiment voulu. Dix-neuf ans, l'âge qu'il avait quand ils avaient voyagé en Thaïlande et qu'ils y avaient formulé leur vœu. Que Lino jure de réussir à monter leur hôtel à eux, qu'il promette de rassembler tous les éléments utiles à ce rêve destiné à les rendre plus libres, et plus heureux. Attachés l'un à l'autre, pour toujours. Et que l'hôtel avec ses trois étoiles se construise, architecturé en blanc autour d'une vingtaine de chambres et autour d'un aquarium à méduses, immense châsse emplie de lumière, et de grâce.

Soudain, Rosa le vit remuer. Elle recula. Ce Lino-là, devant elle, avait vingt-trois ans. Il gisait sur le ventre, la tête tournée vers le mur, et elle ne le connaissait pas. Elle ne l'avait jamais connu. Elle n'avait jamais été enceinte, aucun être n'avait poussé dans son utérus. Elle n'avait jamais enfanté et avait toujours vécu seule, voyageant partout dans le monde, accumulant les histoires d'amour brèves, ne se liant pas, ne s'attachant pas. Elle n'était pas Rosa Messina, elle s'appelait autrement, Petra ou Claudine ou Nelly, elle n'avait pas eu de mère italienne, elle n'avait tenu aucun restaurant, dirigé aucun Petit Soleil, elle n'était que voyageuse, ou aventurière, ou voleuse, ou mendiante, ou pute, elle était autre, une autre. Elle n'existait même pas.

Brusquement, des cris fusèrent en provenance de la rue et ramenèrent Rosa au présent. Elle entrouvrit les rideaux et découvrit cinq ou six enfants, en bas, qui s'étaient mis à jouer au foot en hurlant sous les premiers rayons du soleil. Leur ballon rebondissait sur les murs des immeubles et sur le sol, Rosa le vit qui arrivait à sa hauteur, presque sous son nez, les cris des enfants s'amplifiant quand le ballon redescendit et qu'ils se battirent pour taper dedans. Les petits avaient entre sept et dix ans, leurs maillots de corps étaient trempés et moulaient leurs bras moelleux. Leur jeu était semblable au jeu de Lino et de ses amis au même âge, dans cette même ville. Rosa se souvenait qu'elle avait passé des heures à les observer, Lino et les autres, à l'admirer, lui, le récupérant en nage après leur partie, l'embrassant et le félicitant, profitant toujours de l'absence du père pour le serrer dans ses bras plus fort. Ces enfants, là, Rosa ne parvint pas à les regarder plus longtemps. Si Lino s'était réveillé, s'il les avait vus, les aurait-il trouvés beaux, lui aussi ? Rosa refusait que ces enfants soient beaux. Refusait que leur peau soit souple et dorée. Que leur peau souple et dorée, et belle, donne envie de les goûter. De les avaler. Comme des alcools.

Rosa rabattit les rideaux.

Elle se retourna. Lino était assis sur le lit, réveillé, et il l'observait sans rien dire, sans expliquer ce que les cris des enfants lui faisaient à lui. Il baissa les yeux, cognant son regard aux jambes tuméfiées de sa mère. Et la découverte de cette dégradation parut lui être insupportable. Le visage de Lino se décomposa tandis que Rosa n'osait pas lui parler de peur de dire n'importe quoi. De toute façon, le jeune homme, déjà, se détournait d'elle. Il se leva et se retrancha dans la salle de bains, toujours en silence.

L'urgence la prit. Elle n'aurait pas dû venir dans cet hôtel. Elle n'aurait pas dû tenter de s'y endormir. Elle aurait dû, au contraire, se hâter de l'évacuer. Se hâter de n'importe quelle manière. Elle rebrancha le téléphone et composa le numéro de Marc, comme si seule la voix de son amant avait le pouvoir de la ramener dans le monde présent, de lui rappeler le monde passé, et de la projeter dans le monde à venir. Au bout d'à peine deux sonneries, Marc répondit.

— C'est moi, c'est Rosa.

— C'est quoi ce numéro, t'es où ?

— Je suis dans un hôtel.

— Quel hôtel ?

— Je ne sais pas.

— Tu te fous de moi ? Je t'ai appelée cent fois, pourquoi tu n'as pas répondu ? Les flics te cherchent, ils cherchent Lino. Je ne comprends pas pourquoi tu as fui. Tu te rends compte que tu aggraves votre cas ?

— Je suis désolée.

— Qu'est-ce que tu fais à l'hôtel ? Raconte-moi.

— J'avais besoin de repos.

— Et tu es reposée maintenant ?

— ...

— J'ai eu l'avocate. Roman est dans le coma.

— Mais il va s'en sortir, non ?

— J'en ai aucune idée, Rosa... Il a un traumatisme crânien, son état est critique.

— C'est lui qui a commencé à frapper Lino. Il est devenu fou.

— Ça ne sert à rien de discuter maintenant. Tu

rentres et l'avocate va s'occuper de tout. Les flics veulent voir Lino. Ils ne vont pas le garder s'il explique qu'il a été agressé. C'est ce qu'elle m'a dit.

— …

— Rosa ?

— C'était qui cette fille dans ton bureau, Marc ?

— Tu te fous de moi ?

— Dis-moi juste.

— C'est une barman que je recrute.

— Elle est jolie.

— Elle est jolie et elle fait des putains de jolis cocktails, c'est pour ça que je la recrute.

Épuisée, Rosa écarta le combiné pour essuyer ses larmes qui s'étaient mises à couler sur ses joues et dont elle venait seulement de prendre conscience. Puis elle entendit Marc l'appeler, elle replaça le téléphone contre son oreille.

— Rosa ? Rosa ?

— Je suis là.

— Tu rentres tout de suite ?

— On va rentrer, oui.

— Je dis à l'avocate que vous allez chez les flics.

— OK. Je raccroche, maintenant.

— Rosa, oh, tu me jures ?

— Je te jure.

En raccrochant, elle ferma ses paupières, fort, pour contenir ses pleurs.

Les injonctions de Marc résonnaient en elle. Des ordres simples, qui lui semblaient soudain évidents, impératifs. Il fallait rentrer, oui. Au plus vite. Faire le trajet du retour. Ils n'auraient qu'à reprendre la voiture, Lino et Rosa, refaire le chemin en sens inverse, traverser San Remo, dépasser Vintimille, longer les montagnes. Rentrer : cette décision paraissait irréversible. Pour en convaincre son fils, elle lui dirait que tout n'allait pas si mal, que Roman était vivant, que la police voulait juste le voir au sujet de cette bagarre, et rien d'autre. Mais en parlant ainsi, elle mentirait. Même si elle voulait croire en Marc, en l'absolue honnêteté de cet homme, elle mentirait. Cela ne pourrait pas être si simple. Cela ne pourrait plus jamais être si simple.

S'exiler. Se procurer des billets d'avion, ou de bateau, ou de car. Vivre dans une tente, sur une île, un glacier. Se couvrir de couvertures, de bonnets, de masques. Mille hérésies lui vinrent pour éviter leur retour. Des jungles, des cimetières.

Puis l'hypertrophie de son délire fut subitement interrompue par un bruit. Un choc court, sec et glacial : un objet venait de tomber dans la salle de bains où se trouvait son fils. Elle se rapprocha de la porte. Elle s'inquiéta.

— Lino, ça va ?

Il ne répondit pas. D'un coup d'épaule, elle parvint à forcer le verrou vétuste et découvrit son fils allongé par terre, recroquevillé au pied de la douche. Dans sa main droite, il tenait un morceau de carreau cassé. L'intérieur de son poignet gauche était tranché. Et il saignait. Et il était conscient. Et il était hagard. Et il était horrible. Rosa lui ordonna de se mettre debout, le tirant par le bras tandis qu'il la repoussait.

— Laisse-moi !

— Montre. Montre ton poignet.

Elle le contraignit à tendre le bras pour réussir à évaluer la profondeur de la plaie. L'entaille faisait quatre centimètres de long mais ne semblait pas très profonde. Rosa rassembla ce qu'elle put de serviettes et de papier toilette, tout en continuant à donner des ordres.

— Tends le bras mieux que ça, Lino.

— J'en peux plus, maman.

— Tends.

— Laisse-moi mourir.

— Tends le bras.

— Laisse-moi, maman. Laisse-moi mourir.

Rosa était si choquée que ses yeux s'étaient asséchés. Elle tentait de se concentrer sur le pansement qu'elle parvint à nouer tant bien que mal, obligeant son fils à retirer sa chemise ensanglantée et à se relever, à l'aider pour qu'elle puisse parvenir à le hisser à moitié sur son dos, à le porter, à le traîner, écroulée sous son poids comme sous un éboulement.

— Mets-toi dans le lit, Lino.

— À quoi ça sert ?

— Bouge, allez. Mets-toi dans le lit.

— Tu me détestes, maman.

— Arrête de dire ça.

— Je ne supporte pas que tu me détestes.

— Regarde-moi. J'ai l'air de te détester ? Regarde-moi quand je te parle.

— Laisse-moi mourir.

— Mais arrête de dire ça ! Tu crois que je vais te laisser mourir, hein ? Réponds. Tu crois que je peux le faire ?

— J'en peux plus, maman. Il faut que tu m'aides. Il faut que tu m'aides à mourir…

— Tais-toi.

Cette fois elle avait commandé si fort que Lino avait fini par se taire, par se remettre à pleurer. Alors de nouvelles séries d'images recommencèrent à grouiller en elle, plus grises, plus désagrégées que toutes les autres images l'ayant jusqu'ici meurtrie. Non pas un enfant mort, mais plusieurs enfants morts. Non pas plusieurs enfants morts. Des millions.

29

À présent, Lino la répugnait. Elle le détestait, oui. Elle le haïssait. Elle ne lui trouvait aucune excuse. Il n'était plus l'enfant fragile qu'elle avait dû protéger d'un géniteur violent. Il n'était plus l'adolescent dont elle avait voulu concrétiser les rêves. Le champion de plongée qui lui avait offert ses trophées en riant. Le jeune homme qui l'avait massée le soir, ses jambes, son dos, la décontractant et la réconfortant après chaque journée de travail, lui racontant toutes les réjouissances à venir, les nouvelles idées pour l'hôtel, les murs blancs, les sols blancs, les plafonds blancs, les méduses blanches. Le jeune homme à l'ambition contagieuse, il ne l'était plus. Tous les rêves avaient pourri, il n'était plus que cela, face à elle. Là. Une lamentation. Un effroi.

Elle voulait partir, voir Marc. Retourner auprès de lui au plus vite. Elle se releva d'un coup, et quand Lino l'interpella, pris d'angoisse, elle ne se retourna pas.

— Maman. Où tu vas ?

Ne se retourna pas.

— Me laisse pas.

Ne se retourna pas.

S'enferma dans la salle de bains où elle recommença à laver ses mains ensanglantées, les frottant l'une contre l'autre avec de plus en plus de rage, les noyant, se noyant, ne bougeant plus, ne respirant plus, jusqu'à ce que l'apnée devienne dangereuse.

Elle se mit à s'abominer. Elle se détestait, oui, elle se haïssait d'avoir haï son fils, comme si elle avait formulé le blasphème le plus obscène. Sacrilège, comme si elle avait trahi sa nature profonde. Et elle se sentit coupable. Coupable, elle aussi. Si elle n'avait pas eu cet enfant, un autre ne serait pas mort. Si elle n'avait pas idolâtré cet enfant, un autre serait encore vivant. Si elle n'avait pas embrassé son corps d'enfant, le désirant contre elle trop, trop souvent, un million seraient encore saufs. Son ventre avait modelé le mal, sa bouche avait ourlé l'horreur. Son aveuglement avait été absolu.

Il fallait en finir. Il fallait aider son fils comme il le voulait. L'aider à mourir. C'était la seule chose à faire, aussi nécessaire, aussi juste qu'une petite pluie, qu'un nuage d'hiver. Et ne plus songer aux pensées des autres. Ni aux yeux des autres. Ni au monde des autres. Leurs vérités. Leurs mensonges. Puisqu'il n'y avait désormais plus qu'elle et plus que lui. Toutes les frontières possibles, elle les avait sous les yeux. C'étaient les quatre murs de cette chambre d'hôtel minable. C'étaient le plafond et le sol de ce clapier pitoyable. Le jugement des autres, cela n'existait plus. La loi des autres, cela n'existait plus.

De retour face à lui, Rosa tressaillit en redécouvrant ses yeux gonflés, ses cernes et ses blessures pareils à des déguisements mortuaires. Allongé sur le lit, Lino semblait la remercier de toute son âme d'être réapparue. D'un regard, il invita sa mère à venir s'asseoir à ses côtés. Et, dès qu'elle fut près de lui, il caressa ses mains, avec tendresse, comme s'il la comprenait. Elle chuchota.

— Je suis ta mère, Lino. Je suis ta seule mère.

— Je sais.

Elle se mit à pleurer.

Et elle le prit dans ses bras et le serra contre elle, encore, de toutes ses forces, comme si elle avait voulu qu'il se fonde en elle. Comme si elle avait voulu qu'il redevienne fœtus. Qu'il redevienne ovule. Qu'il redevienne elle. Qu'il se soude à sa chair et qu'il n'en sorte plus.

Alors, si près du sien, le visage de Lino fut à nouveau celui de l'enfant qui ne pourrait jamais mourir. Velouté. Innocent. C'était ce visage qu'elle avait toujours aimé. Celui qui tentait de lui faire comprendre qu'il fallait en finir. Et que c'était la seule solution. Et que c'était ce qu'il voulait. Et, cette fois, elle sentit que son cœur empli de cet amour, de la clarté de cet amour, ne devait plus rien lui refuser. Elle crut que la mort qu'il voulait, ici, à cet instant, elle la voulait aussi.

Sans dire un mot, elle ouvrit les mains, elle prit l'oreiller blanc que lui tendait son fils.

Et elle tenta de le soulever, doucement, par-dessus son visage.

Et elle le fit.

Et ce fut comme si, en le faisant, chacune de ses pensées s'était mise à devenir blanche. Blanche comme ce grand mur qu'elle avait un jour admiré avec son fils. Ce mur laqué, réfléchissant comme un miroir. Un miroir ne reflétant plus que du blanc. Partout, du blanc.

Et ce fut comme si, envahie par le blanc, chacun de ses membres s'était mis à basculer dans un monde sans forme, sans nom. Un monde où elle et lui seraient devenus deux méduses dans une étendue de mer lumineuse comme une lune. Deux méduses se rapprochant et se frôlant et scintillant. Deux méduses blanches, s'enlaçant sans prendre peur. Deux spectres. Deux seigneurs. Traversés par des courants qu'ils n'auraient cessé de choisir eux-mêmes, ignorant les autres. Ignorant tous les autres. La mère et le fils, uniquement.

Puis tout devint immobile.

À travers la fenêtre, les cris des enfants recommencèrent à s'élever de la rue.

Rosa rouvrit les yeux.

Elle se redressa.

Sous le coussin qu'elle écarta en tremblant, Lino avait la bouche et les paupières closes. Son visage était paisible. Il était beau.

Il semblait endormi.

Il ne respirait plus.

Voici Lino Messina. Voici son fils.

Voici ce fils dont elle était la mère.

La seule mère.

Et tout ce que pouvait faire cette mère, désormais, c'était se rallonger près de lui et attendre. Attendre blottie contre lui, bras autour de lui, lèvres posées sur lui. Attendre, attendre longtemps, sans plus jamais le laisser seul. Même si cela devait durer des jours entiers à ne pas boire ni manger. Des jours entiers à laisser ses jambes se fissurer. Se fossiliser. Attendre, attendre longtemps. Des mois entiers, s'il le fallait, des années, à demeurer ainsi. Ensemble.

Puis elle vit les murs de la pièce s'illuminer d'une vive lumière bleue, elle entendit une sirène. Elle sut qu'elle n'aurait pas à attendre aussi longtemps.

Alors ses mains, à nouveau, se tressèrent avec les siennes, et Rosa se fit une promesse. La promesse de tout raconter. Tout ce que son fils avait fait. Tout ce qu'elle avait fait. Elle révélerait chaque détail, oui. Même si cela ne pourrait pas tout expliquer. Même si cela ne pourrait pas tout guérir.

REMERCIEMENTS

Rosa dolorosa est paru pour la première fois le 27 août 2020, en pleine pandémie. Je remercie du fond du cœur celles et ceux qui, dans ce contexte, m'ont accompagnée.

« Ce que l'on refuse de voir n'existe pas, alors que ce que l'on admet existe. »
Œdipe Roi, Pasolini/Sophocle.

28/9748/1

PAPIER À BASE DE FIBRES CERTIFIÉES

Le Livre de Poche s'engage pour l'environnement en réduisant l'empreinte carbone de ses livres. Celle de cet exemplaire est de :
200 g éq. CO_2
Rendez-vous sur www.livredepoche-durable.fr

Composition réalisée par Soft Office

Achevé d'imprimer en décembre 2021, en France sur Presse Offset par
Maury Imprimeur – 45330 Malesherbes
N° d'impression : 259563
Dépôt légal 1re publication : janvier 2022
LIBRAIRIE GÉNÉRALE FRANÇAISE – 21, rue du Montparnasse – 75298 Paris Cedex 06